U0054667

笑容掛著眼淚

紀念史紫忱教授百歲冥誕

史紫忱 著
李瑞騰、林世榮 主編

畫像／許坤成畫

一九四三年，先生與陳秀英女士結婚，伉儷情深半世紀。

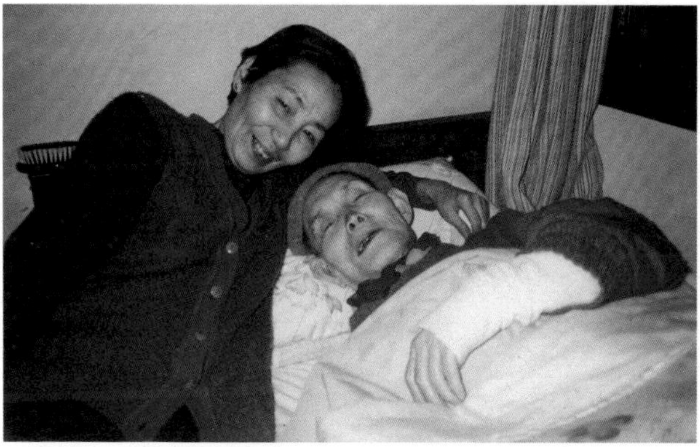

先生的日常生活全由夫人悉心照料。

先生所主編的《中國一周》。

先生所創辦的《陽明雜誌》。

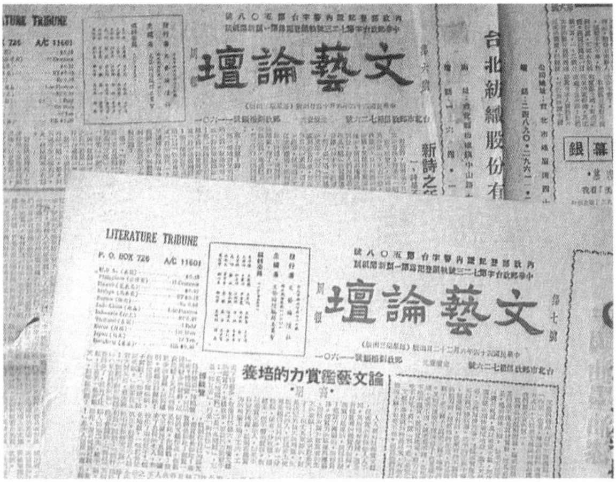

先生與友人所辦的《文藝論壇》。

先生著述。

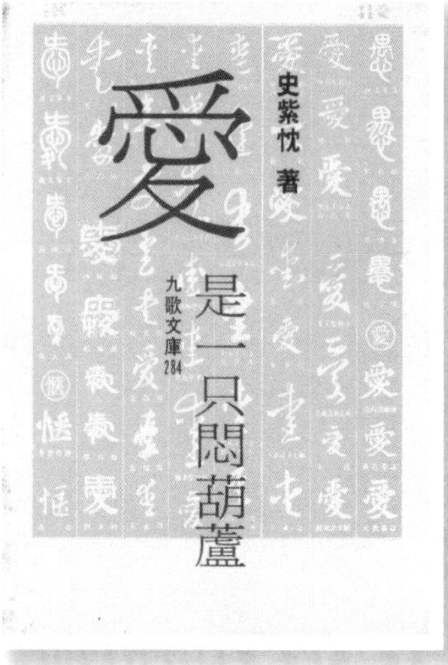

先生晚年出版的兩本文集由九歌出版。

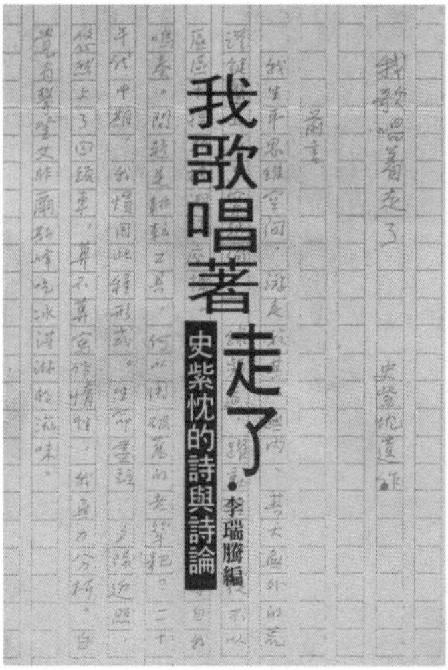

為先生七十大壽及辭世一周年所編的書。

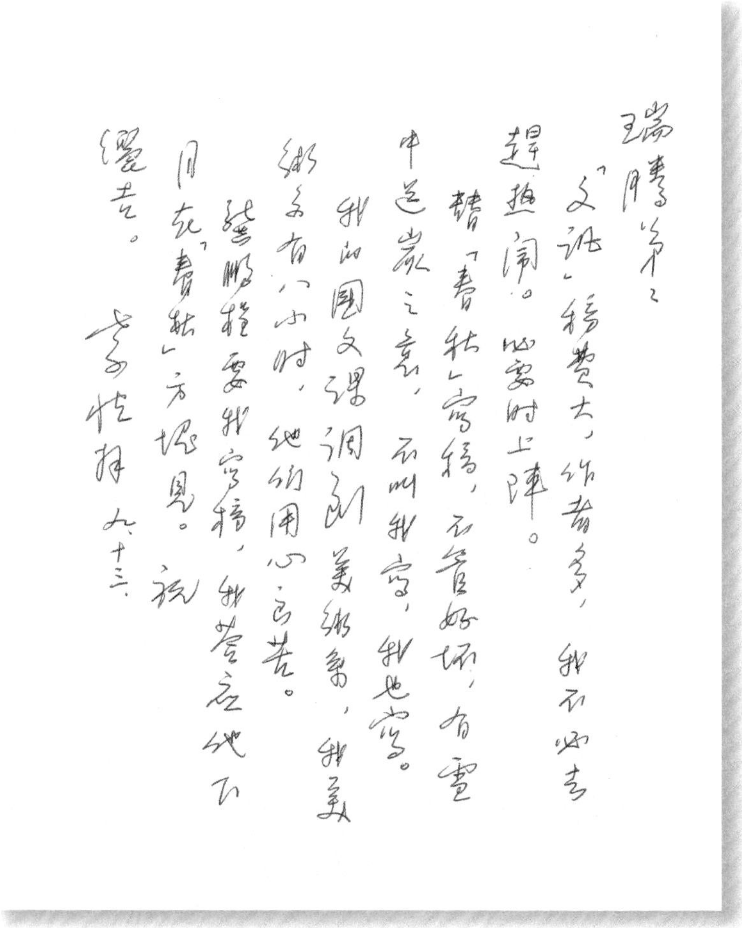

瑞騰弟：

「文訊」稿費大，作者多，我不必去趕熱鬧。必要時上陣。

替「春秋」寫稿，不管好壞，有雪中送炭之意，不叫我寫，我也寫。

我的國文課調到美術系，我美術系有八小時，他們用心良苦。

繼鵬程要我寫稿，我答應他下月在「春秋」方塊見。祝

儷吉。

孝忱拜 九.十三.

先生手稿

病堤人語

史紫忱

近兩年我顛跛在病湖的圓週堤上，一生是就魂歸離恨天。生命是有今天不一定有明天，寫作是有這篇不一定有那篇。圓形病堤，週而復始，走得辛苦，沒有盡頭。

不少故舊和門生，多方照顧我，對一個生命絕望的人，抱持奇蹟希望。我奮力支撐，頭腦還清醒，他們的垂愛，常令我暗暗鼻酸。所謂英雄有淚不輕彈，那是未到傷心處。

我不是懦夫，不會輕易失去生存鬥志，可是兩腿時而抽搐，時而僵直，五十肩疼楚，四肢冰冷，不會翻身，骨瘦

先生手稿

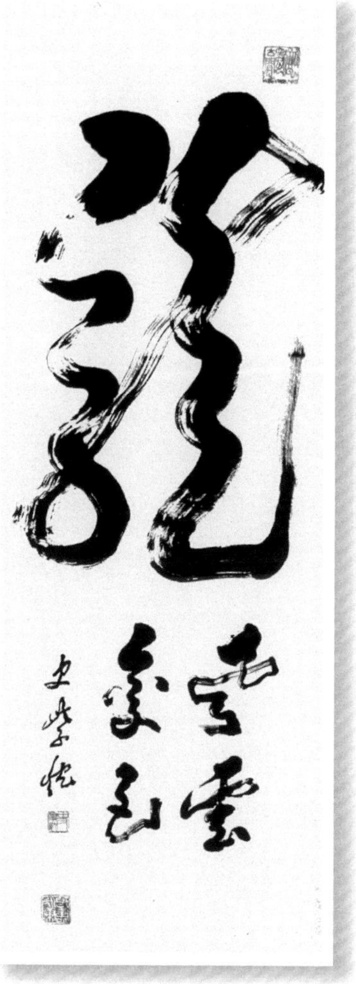

龍　風雲變色

虎　一聲長嘯　萬里雄風

佛　六根盡淨　四大皆空

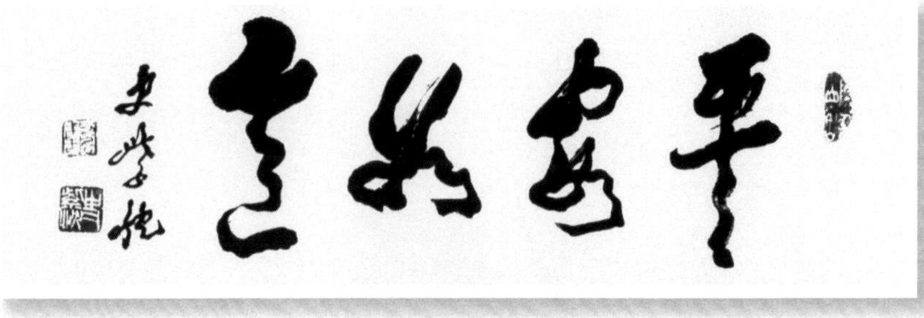

平安如意

手握開山斧　心攀上天梯

黃河三門物之華　人間早把畫圖詩
峭壁雄濤為天塹　中流砥柱是吾家

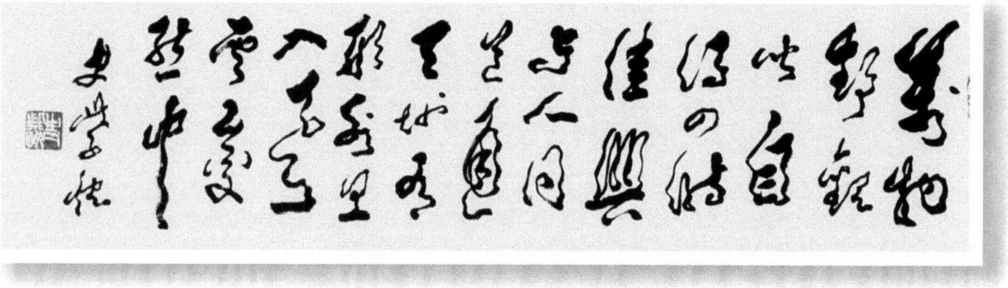

萬物靜觀皆自得　四時佳興與人同
道通天地有形外　思入風雲變態中

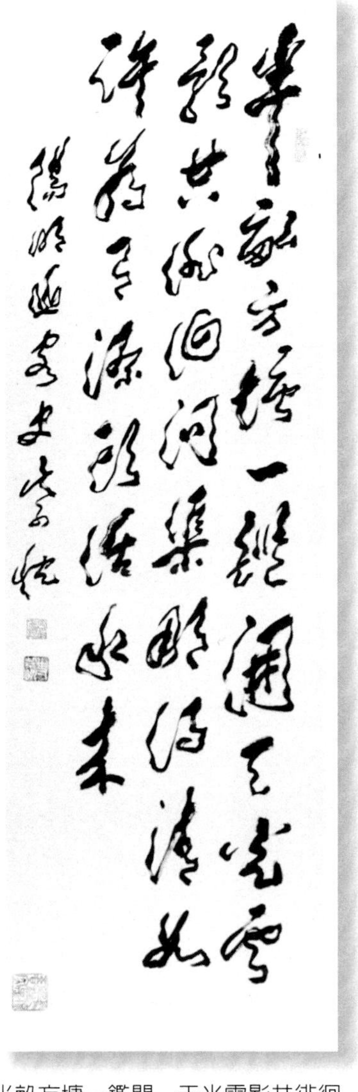

半畝方塘一鑑開　天光雲影共徘徊
問渠那得清如許　為有源頭活水來

序　他的笑容掛著淚水

李瑞騰

我在一九七二年上華岡的時候，史紫忱老師六十不到，已是我們眼中的老教授，他重聽，且不良於行；但教學極其認真，態度至為親切。那時，他來台後參與的幾個刊物，如《中國一周》、《陽明》月刊和《文藝論壇》等，都已停刊，由於行動不便，除了上課，他幾乎不出門，日常做的事，無非就是教書、寫稿、寫字和會客。

他教大一國文和書法，我上的是他的書法課，第一天上課就要我們寫幾個字給他，下一堂課還給學生時附一張字帖，要我們學著寫，原來他是看我們寫的字，挑相近的墨寶給我們參考。我耍帥，隨便寫，結果拿到的字帖是鄭板橋的。

然後我就開始寫板橋體的字了，到書店買帖子，在圖書館找與鄭板橋有關資料，努力閱讀，然後著手評論鄭板橋。我寫就一篇〈鄭板橋的文藝觀〉，經史老師的推介，發表在祝茂如老師主編的《自立晚報．星期文藝》上面，開啟我四十年的文學論述生涯。

大體來說，史老師帶學生的方式就是這樣，他因材施教，慢慢引導，願意學的學生應會走出自己的道路。我從大三開始，陪他到學校上課，讓他扶著上樓梯、進教室，親炙他的機會多了，在史府的時間也更久了，我耳聞目見他寫稿、寫字，也在故舊門生拜訪他的時候，隨侍在側，一種奇特的文人生活方式，深深吸引著我；我聽他和老友的對話，彷彿也就親歷了文壇風雲，大視野、大格局，終成為我心心繫念的人格典範。

很快我便喚他「史伯伯」，稱師母「史媽媽」了，那彷彿也就像家人了。史老師辭世以後，史媽媽說過幾次：「史伯伯晚年的幾件大事，都讓你費心。」這幾件事，一是為他辦一場別開生面的七十大壽，且策畫主編一本紀念文集《中流砥柱》；二是為他籌備一場書法展；三是告別追思會。這些我當作自己的事來辦，當然還有老師諸多故舊門生的協助。師恩浩蕩，做再多都無以為報。

史老師原是詩人，在大陸時期即出版過詩集。來台後辦雜誌，在報紙副刊寫方塊文章，《台灣新生報》之「堅白篇」、《自立晚報》之「五大雜文」、「一分鐘短打」、《中華日報》之「病堤走筆」等，評論時事，感懷家國、談文論藝，每直探事務本心，頗多憂懷，結集出版的《無心集》、《雜文》、《自我與天地》等都是。

學生時代我常幫老師到自立晚報領稿費，晚年病中寫「病堤走筆」是我的建議，最後出的二本文集由我精選，書名則是我和出版社商量的結果。我知道老師未集結的文章甚多，每興整理出版之念，惟總力不從心。

史老師於一九九三年四月十七日病逝於台北榮總，享壽八十。二十年來，每年總和同門兄弟姊妹於史老師冥誕或清明時節前後相聚陽明山獨廬，再下山到天母慧濟寺燒香，和二老聊聊，天上人間對話。歲次甲午元宵，適逢史老師百歲冥誕，決定從他未結集的篇章中精選一本作品集，由林世榮弟負責執行，他從一千四百多篇中挑出六十四篇，稍作分類，我因其類而分輯，各以一篇為輯名，書名顏曰「笑容掛著淚水」，亦其中一篇，以之形容史老師的悲喜人生。

我原來是想編成一本「研究資料彙編」，但這蛇馬之交是我將結束我的府城四年之際，諸事紛繁，只勉力在當年《中流砥柱》附錄的基礎下，增修年表、著作目錄，另擬小傳，並新編評論目錄，以為本書之附錄；世榮弟建議老師幾篇自述文章亦附其中，乃成今貌。

除出版此作品集以為紀念，百歲冥誕前後亦辦書法展（和陳國揚師生聯展）和一場追思座談會，盼能再現吾師風華。

本書之成，特別感謝秀威資訊科技公司宋政坤總經理慨允出版，並全力配合時程。宋總深具人文素養，為成功之出版人，當年亦曾於華岡受業於史老師，談起老師，感念也特別多；秀威出版部林泰宏經理執行此一編務，積極主動，思慮周全，特此致謝。

目次

輯二　笑容與眼淚

輯三　只是凋零

輯四　大冰塊爆火花

附錄一

附錄二

輯一

心酸酸的

中庸之道

國中學生分班授課問題，引發了大家討論我們傳統教學上兩個既協和又矛盾的方式。兩式都是萬世師表孔老夫子的教育原理：一個是有教無類，一個是因材施教。前者是反對分班的根據，後者是贊成分班的理由。教育部考量的結果，正朝中庸之道上做。孔老夫子也說過：「君子時而中。」

有教無類屬於原則，孔子說：「自行束脩以上，吾未嘗不誨焉。」只要依照古禮帶一點見面禮，登門求教，孔子沒有拒絕而不教的。就孔門三千學生看，高柴愚拙，曾參魯笨，顓孫輕浮，仲由粗俗，孔子都收為門徒，不曾分班。尤其是仲由，以今天眼光說，算一個太保型的學生，《論語》一書中，孔子挖苦他很多次，甚至認為仲由彈瑟聲調野蠻，大嘆孔門怎麼出現這種怪音。而仲由仍是孔子的好學生。

因材施教屬於方法，最具體小例子是：仲由問孔子：「聽到合理的事立刻去做嗎？」孔子說：「有父兄在上，怎麼可以？」冉有又問這個問題，孔子說：「立刻做。」公西華事後問孔子：「為什麼一個問題，兩種答法？」孔子解釋：「冉有天性退縮，勸他前進；仲由好勇冒失，所以抑制他。」

孔老夫子的學說，自從五四運動有了「打倒孔家店」口號之後，許多人在偏激心理下，認為「孔子」二字是酸溜溜的古董，殊不知西方人凡是真正研究孔子的，對他的教學態度，無不尊敬。近代教育在國民義教階段有教無類，到大專時際才因材施教。古今中外教育模式都差不多。

為什麼會發生國中的「放牛班」與「升學班」呢？我覺得這該由三方面追查：第一，升學主義使資賦優良的學生家長形成一股壓力，漸漸有了升學班之分。第二，國中教員程度低落，無法在教學上做到有教無類。第三，教育價值觀念改變，社會上也默認放牛班之事實。以上三種原因，都已根深蒂固。多年來教育當局也視為當然現象。幸而吳大猷先生提出這個問題，又幸而教育部李部長重視這個問題，才得到取法乎「中」的想法。

不過，我感到升學主義的成長，得之文憑主義。文憑主義在自由世界裡早已牢不可破，我們並不能獨立突破它。國中採「中」性教學方式，無疑是適應升學主義的手段之一。從沒有法子的事情中想法子，我對教育部的決定相當贊成。

通思教育

我們的大學教育理念中，老早就有所謂「通才教育」的想像。事實上，通才要具備普遍肆應的學能，就像我們「半部《論語》治天下」的時代，很多做大官的人，入則相，出則將，算得上文武通才。今天時代不對勁了，學術分工越來越細密，大學生以少少的一百二十八個學分，專攻自己投身的學科，猶感所獲有限，通才根本是個夢。

通才的路走不通，於是把通才改為通識。才與識是有分別的。才是才能，識是知識，深淺度數不同。構想通識教育的人，也非常天真。企圖以兩三個學分就能搞通一種不同知識，進而與自己專修學問融會貫通，學術上哪有這麼便宜的事？通識教育之所以流於形式，技術上有問題。

以廣義的生態學來推論，通才教育或通識教育，出發點都建立在時代危機的前端，它的哲學意義不能為技術障礙而推翻。今天大學教育所培養出來的人才，多半知識單線，思想僵化，非但本位氣息濃厚，而且有排斥其他學問的現象。這種現象延續擴張，文化的遠景將在一條死巷裡。

根據我在大學教書多年的經驗省察，通識教育絕對不是讓大學生在知識領域互通有無這回事。最主要也最有效的是把大學生的思想力搞通。大家都知道我們大學生為了擠窄門，曾不加思索地生吞活剝了許多知識，這些知識絕大多數大學生不再消化它。假若大學一年級能開設一門必修的「學術方法」或「知識概論」，使大學生把中學時期所啃的學問，有能力「反芻」一下，他們得到的知識營養，將無法估計。則通識教育打算訓練現代知識分子瞭解自身與環境的互助關聯、倫理與道德的人格生活，都從中學課業裡得到「回饋」。大家不要忘了我們九年義教的「作料」。把通識教育改為「通思教育」，預期效用良好。問題在通識課程已感師資缺乏，通思可能更困難。教育部應從現有哲學系所下手，要學哲學的人先把思想搞通，加速培養通思教育的師資。（目前一些教哲學概論、理則學的教師，人云亦云，本身就不會通思。）

知識運動

現代政治學或社會學，都很著重群眾的公共意識；對群眾運動，視為政治革新或社會轉進的特種資源。附帶的研究到推展甚至啟導群眾運動，以所謂知識份子為馬達。

泛性的知識份子，包括我們古人心目中的「士大夫」、「狂狷者」、「君子」和「名節之士」等。按中國歷史說，秦代以前的知識份子，大多數抱危邦不入、亂邦不居的人生觀，著名的知識派系，無論儒家、道家、法家，也只限於單打獨奏式的向統治者推銷一家主張而已，知識份子最活躍的春秋戰國時代，找不出群眾學（家）的線索。

漢高祖劉邦，以陳勝、吳廣之徒，揭竿而起，推翻暴秦，打定天下。我們可以說這是中國史上第一次用群眾力量形成政治革命的大運動，但它的催生者並非知識份子。

東漢有了知識份子的集體運動。陳蕃利用太學生對抗權宦曹節、王甫等，放棄西漢學生的「伏闕上書」（即今天的請願方式），而採「將諸生八十人，拔刀以入」的暴力行動，觸發太學生附和者達三萬人，擴大了黨錮之禍。

當前是個知識膨脹時代，一個人的知識都有限度。胡適生前曾親口告訴我，說我們行憲準備第一任總統選舉時，蔣介石先生曾派專人到北平邀請胡適競選中華民國第一任總統，胡適自認對政治有理想而無實踐學問，婉言謝絕了蔣先生的誠懇盛意。胡適解釋說：「我們國情有獨特環境，它的歷史傳統、革命背景、政黨發展、國際影響，尤其人治觀念，都不是毫無淵源的人所能勝任愉快的。」胡適一再強調陶希聖先生瞭解事實經過，我今天把它寫出來，說明知識份子可能是知識通人，不見得是政治完人。

像劉邦那樣打天下的時代，絕對不會重演了。知識份子的知識運動，將是社會蛻化的唯一武器。但知識份子必須堅守真理，以超然客觀的立場，持豁然大公的精神，做新時代的燈塔。千萬不要像美國費正清那般人，混亂世人視聽，也砸了他知識份子的鍋。

從根救起

前些時教育部為了打算把大學有關藝術系組的招生方式，設法改進，偏重於單獨舉行，召開一次會議。會中曾討論到整體藝術教育問題，就是說由於討論大學藝術教育，與會人士想到中學生的藝術教育措施。新聞報導不太詳細，我覺得大家有此醒悟，實為藝術教育的喜訊。

大學的藝術組學生，在高中到小學這段時間，在綜合教學環境下，兼顧聯考壓力，藝術課程方面，不但學生本身不注意，老師馬馬虎虎，甚至學校當局也應付了事，不論音樂、繪畫、書法、舞蹈、戲劇……任何藝術學習，效果幾乎是零。縱然有些學生富於藝術天才，而家長又有能力供給課外補習，比例很小，還不一定考進藝術系組。所以，大學藝術系組的新生，十九對藝術陌生。

我不相信教育部不知道大學藝術系組在聯考制度下，考生除學科外任何術科都是憑惡補學到一點皮毛，拿一點皮毛技能，突然研究高深藝術理論及表現，可以謂之學術笑話。偏偏我們的藝術教育就如此這般發展下去。

藝術學習靠天才與興趣。天才要早期發掘，興趣要善加誘導。最近幾年，有心的教育家看到藝術教育偏差，影響了我們全部藝術的低落，不斷呼籲教育主管在政策上想辦法，讓學習藝術的國民，從小學開始，就受到特殊的專業的訓練。但在所謂義務教育前提中，儘管有天才音樂兒童出國深造，整個的計畫，仍然沒有。

大學藝術系組畢業的學生，絕大多數不懂藝術理論；因為他們在四年裡，趕著學習術科，學科消化不了。他們的作品之所以充滿匠氣，根本缺乏傳統的書卷味，原因在此。尤其師範大學藝術系畢業的學生，本身藝術不曾學好，倒去教育別人，藝術的一代不如一代，乃情理之當然。究其實，學生無罪，罪在教育。

社會形態未曾變換之前，學校藝術教育失敗，尚有補救餘地。蓋藝術為終身事業，舊社會人生活空暇較多，學生對藝術有興趣後，還有很多時間繼續磨練。今天生活緊張，一個形式上是半吊子的藝術人，靠藝術謀生不可能，而半吊子藝術人，藝術家具備的修養不夠，而西方藝術家那種蓬首垢面、吊兒郎當的表面習慣，反被學會了。一般大學藝術系組畢業生，能有教書機會的不多，其就業困難情形，非一般人所能想像，包括學美工的在內。

我希望教育部在藝術教育政策方面，必須徹底改弦更張，突破這個危機。國立藝專失敗了，國立藝術學院也指望不多。它的關鍵在於從根救起。

國文天地

「國文」是一個具有獨立自主國家的文化前鋒部隊，它由散兵線式的斥堠、碉堡與觸角分布，匯集成凸出的主力面，在漫長的古老期內，它編組了語言文字以及早期文史哲等科際不分的龐大陣容。不過，像歐洲一些語文錯綜國家的國文，典型鑄成前，變化多端，往往很短時間就需要相當的訓詁手術，才能瞭解與欣賞。中華民族得天獨厚，數千年來賴語文傳統的漸漸蛻化程序，使我們擁有舉世無雙脈絡一貫的國文銀行。

五四運動以後，國文出現斷層裂隙的生長危機，當時，不但垂直線索的學校教育中國文縱向路途，一天天失去深度遺緒，而且在水平員幅的社會風俗裡國文橫面翼程，也一天天萌發廣度質變。新舊爭議，中西衝突，見仁見智，莫衷一是。開明書局印行的《國文月刊》，就登載過不少兩極化的討論文章。據守臺灣三十多年，學院派的國文傳授，受聯考影絆，不能不僵化。社會觀念種因於時代多元躍升，從國文滋孕的文學創作及其理論，如怒馬失韁，以致國文幅射不連續因子，較之三十年代普羅文學的瘋狂衝擊，我們又遭受另一次國家文化的風險。

當我們文化財富的國文資源，有了角色動搖和比重失衡的關鍵時刻，龔鵬程博士主編的《國文天地》問世。它標榜的內容是：「知識的、實用的、全民的。」對國文研究廣袤面臨渴枯之際，它不啻是一陣甘霖。由它已出版的幾期看：知識的播介上，它有古典也有新潮，四面八方的營養成分，能把久久貧血的國文學術，推進到健康境地。實用的開導上，它有理論也有技巧，退縮的國文表現，將勇敢地樹立史程新形貌。全民的取向上，它更地毯式地為國文社會做意識覺醒的多樣的溫和而王道的呼喚。如果說今天是個資訊世界，《國文天地》正充分流露我們國文資訊值數的正確思考。

關於國文的徹底復甦，我覺得目下中學國文教學，屈服聯考鞭策下，任憑如何做周邊性的教材補充，開擴機率仍然很小。唯一希望是從大學國文下手。往年在大陸發生的大學國文教學歧見，大約繞著：（一）高中國文的延續？（二）訓練寫作技能？（三）啟發思考力量？等三個問題糾纏。無庸諱言，當前大學國文教學陷入高中國文延續的窠臼，不分系別，課目相同，期末考更有統一命題的怪招。大學生對必修的國文課程，興趣索然，並有強烈排斥感。希望《國文天地》能發動一次大學國文教學的前瞻性討論，改進教材及教學方法，其收效將難以道里計。

大學生如果在國文課程裡，獲得良好的思維手段，則中學時代死讀而窖藏的國文成果，稍加反芻，豁然開竅，必定激發出幾何級數的國文研讀收益。大學生將是社會菁英，他們的國文修養，給社會國文的發酵作用，能輕易看到繼往開來的花果。

勿造特權

一片開放聲中，開放高中畢業生出國留學，即將成為事實。讓青年提早負笈海外，原則上沒有問題。問題是許多法良意美的事，往往在我們國度裡會出現紕漏。高中畢業生或有資格考大學的人就能出國就讀，潛伏著一項可以預見的危機，一項製造特權而衍生出不公平的後遺症。

有權、有錢人家的子女，看準高中畢業出國這條近路，一定會從小學起便開始打算盤，順利達到目的。雖然我們社會上多得是所謂中產之家，而能供給子女在海外念高學費大學的為數還不多；何況農民、漁民以及勞工階層，他們如何在捉襟見肘的生活當中，打發高中畢業子女出國求學？決策當局或參與討論的人，不能不注意這一點。

方便了有權有錢人家子女及早出國，他們的子女回國後本著權和錢的優勢，會更有權和有錢。有權和錢做基礎，偏偏是我們這類半吊子民主社會打天下的基礎。換言之，貧苦人家的子女越來越會在社會競技場上做殿軍。

大學聯考唯一的好處，是不論誰家子女，各憑實力出頭。在大學共同學習四年，貧苦人家的子女，很多比權貴人家子女成績高些，依靠成績向外國大學申請研究所，至少說貧富人家子女機會相等。這是近三二十年有目共睹的事，也是不少留學博士得以出人頭地、光耀門第的道理。

為了公平合理，在開放高中畢業生出國留學的同時，不能不考慮到有實力、有志氣而沒有錢的貧苦子女想出國的事實。這當然是個牽扯頗多的棘手問題，究竟是由政府貸款呢？酌量資助呢？還是在國內讀大學減免學雜費呢？總要有較為周延的關注或安排，俾免引發一些難治的副作用。

假若認為我的看法是杞人憂天，相信在一二十年後，我們社會上將出現有辦法的人，永遠有辦法，失意的人，永遠失意。知識不一定是權力，權力也不一定是知識，但是，明明能夠看到的可能險象，為什麼不未雨綢繆？在事先花費些心思，做到兩利相權取其重，兩害相權取其輕。教育政策的好壞，影響既深且遠。

也算腦死

物理界女傑吳健雄博士回國參加中研院院士會議，曾對新聞記者談論學術研究問題，她強調：「對於以往被建立的事實，要有勇氣去懷疑，而不是一味地接受。」這席話像老生常談，但在我們當前學術環境中仍算暮鼓晨鐘。

「懷疑」乃人的先天本能，兒童們對事事物物「打破砂鍋問到底」的精神，即來自懷疑。西洋人把學術母學的哲學，賦之以懷疑意義，顯示學術的根生長在懷疑上。我們先秦諸子，不但懷疑古事，懷疑時事，更有莊子和蝴蝶那種夢與現實糾纏而懷疑自己的事。儒學開宗明義第一章要求「學而時習之」，「習」者「飛」也，所謂性相近、習相遠。離開立正的定點，遠走高飛，才能海闊天空。

我們的學校教育，受聯考制度束縛，統一課本，統一教學，統一命題，在一味接受的模式裡，不能懷疑也不准懷疑。我教大學二十多年，親眼看到大學生一屆比一屆不會懷疑。連許多照本宣科的年輕教授，都不知道懷疑是什麼。如果吳健雄博士有機會看看國產博士的畢業論文，一定會驚異他們「對於以往被建立的事實」，湊成五花八門的大拼盤，竟然指導教授和口試教授「一味地接受」，躍身教壇再讓學生「一味地接受」。

懷疑力量能強大，突破的成分就多。學術研究如同接力競走，以前人的終點，做自我的起點。一味地接受等於前人種樹，後人乘涼。今天醫學界認定生理上的「腦死」便是生命結束，我們今天學術上出現一味接受的腦僵化危機，學術思想枯竭，算不算物理性的「腦死」？這需要拜託物理學家吳健雄博士給它一個科學的界定。

吳博士的話，似乎說晚了一點。敲晚鐘也有用。抄一首王陽明的詩，鼓勵學術研究要有勇氣去懷疑。詩曰：

起向高樓撞晚鐘，尚多昏睡正懵懵。
縱令日暮醒猶得，不信人間耳盡聾。

新道德律

我們的教育章法裡，有所謂「道德教育」一環。六十多年前我念小學時，課程中開列「修身」與「公民」兩種，修身指天賦發揚的個人化，公民指人群適應的社會化，二者融通起來，能培養出心誠意正到治國平天下的恢宏志氣。民國初年這種中西兼雜的教育手段，理想是對的，效果卻有問題。直到今天，道德教育幾乎毫無作用。

如果我們強調中華道德的話，古人主張的只有一個「道」字。「天命之謂性，率性之謂道，修道之謂教。」很明顯地說出人性正面表現就是道，道的磨練依靠教育。而教育領域又有家庭的、學校的、社會的不同關隘。如果我們認同西洋道德的話，它們的道德形成也只有一個「神」字，它把神刻畫為眼看不見的真善美之結晶，神的意旨就是道。我們有人神通合之說，可見中西之道其理相同。

中國人將「道德」兩字分開解釋，道是內在修持，德是外在操行。想不到時代蛻化迄今，道德觀念和行為價值發生黑白不分的善惡混淆，內在與外在既矛盾又統一，殺人者自稱替天行道，救人者也求神保佑。假若道德永遠站在真理一方面，哲學家將難以給真理下個明確定義。

教育部決定從七十六學年度加強道德教育。我認為道德、倫理等口頭禪式的名詞，給學生的印象是濫調。當前國家的或國際的許多純道德或倫理所分析不清的道德律，嚴重破壞道德教育傳統的教學目標。既然民主與法治為現代人類文化行為準則，它涵蓋的人性尊重、民權崇拜、自由意識、鄉土省察、社會秩序、法律規範、人我互助等，甚至還超過了習慣上所說的道德意義。

我希望教育部對所謂道德教育，徹底廢棄老舊模式，重起爐灶，新編一套以教養國民民主與法治的中小學教科書，直接了當地灌輸民主法治理念，別在玄虛的道德葫蘆外繞圈子，使教育與時代結合，思想與行為協同，則不談道德而道德自來矣。

談新鮮人

自從有大學聯招制度以來，每年夏季，氣候燠熱，汗流如雨，莘莘學子，參與考試，由「烤箱」中選拔一批「新鮮人」，他們除了少數因分發系組與性向不合，拒絕註冊，準備明年重考外，大多數都順利入學。

新鮮人即大一新生，他們看到大學學術自由，生活開放，處處感到新鮮，往年努力啃書的光陰一去不返。可是，人多有這山望著那山高的情懷，慾望真誠的新鮮人，勸他再繼續以考聯招的念書毅力，勤學不輟，轉系或轉學，成功機會大。在我近乎二十年的大一導師經驗裡，接受老師的話，充實自我，達到目的者，不在少數。

只有一個例案很特殊。新鮮人龔仁棉小姐，活潑美麗，口齒伶俐，文筆出眾，信基督教，對兒童問題，極有興趣，決心轉到華岡兒童福利系，不料轉系失敗，她找到我，愁眉苦臉，好像天要塌下來似的。我勸告她：「妳能寫一手好文章，兒童系少這種人才，希望妳多讀兒福書籍，空堂時可以到該系旁聽，文藝組畢業，可以考兒童福利研究所。」她很聽話，照我的指示去做，果然如願以償。今年六月畢業，馬上接到新竹師院聘書。

大概十四五年前，有位新鮮人綽號陳大哥，他寫了一篇〈橘子園〉，鄉野風光，引人入勝。我把該稿推薦給《中央副刊》主編孫如陵兄，他認為言之有物，詞句簡潔，在頭題刊出。陳老大不知天高地厚，自以為成了大作家，覺得小小文化學院，實在藏不住他這隻猛虎。第二年他重考，第一志願是臺大中文系。想不到上蒼捉弄他，他又分發到華岡文藝組，註冊時同學紛紛取笑，問他究竟讀一年級再做新鮮人？還是讀二年級？陳大哥無可奈何，悄然到二年級註冊。於是，他換了個綽號「一篇作家」。

大學的社團多，有學術的、宗教的、服務的、娛樂的，名目繁雜。每逢新鮮人到校，社團大舉「招新」。招募人員無不鼓如簧之舌，拉新鮮人入社，新鮮人也認為大學課外活動重要（其實是好玩），選擇參加。

有一年我班上一位王姓女生，參加西洋劍社，第一次活動，就被海洋系一位李姓男生愛上，每天寫一封求愛信。王生告訴我，此人獐頭鼠目，得罪他有危險。王生高身材，面孔清秀，平時衣著整齊，狀如少婦。我替她由華岡幼稚園找一個三歲大的小男孩，讓王生去西洋劍社時，帶小男孩向李姓男生介紹說，這是她的兒子。李生大吃一驚，原來她是有夫之婦，從此不再糾纏她。

做新鮮人的導師，相當困難，他們有一進大學，便抱定出國留學意願，有的決心進研究所，新鮮人階段，要給他正確指示。至於混文憑的，導師也不能小看他，因為他靠家世、機遇，同樣能出人頭地。

心酸酸的

大概有五年了，我總以為身體不好為由，婉謝同學的謝師宴。起初同學還派人雇車到寒舍邀請，這兩年大家都曉得我不參加謝師宴，畢業同學也只推代表向我面遞請帖意思意思而已。但仍有同學在畢業典禮那天，穿著學士或碩士服興沖沖地到我家拍照紀念。當我和他們站在一起攝影時，表面上裝出歡欣模樣，內心酸酸的味道卻無法控制。

內子陳碧華女士認為我謝絕謝師宴有點矯情離俗，尤其每屆少數入室弟子也當面批評我不近人情，而我無動於衷。今年內子參加她的學生舉辦的謝師宴回來，眼睛紅紅的，神情恍恍的，我吃驚地問她：「發生了什麼事？」她說謝師宴上一位同學語言哽嗚，引得全班聲淚俱下，終於師生抱頭大哭。我說學戲劇的人，情緒化的機會最多，世界即舞臺，人生即戲劇，勸她何必認真，但我的心仍酸酸的。

戲劇系畢業生在謝師宴上痛哭，它代表的是喜感之淚與悲感之淚，甚至是悲喜交感之淚，我無法測定。這種哭的場面如果發生在其他系的學生身上，我會想到那可能是醒覺之淚。今日大學生最最缺乏的是醒覺。他們幾乎全用直覺做學問、做事、做處世態度。一旦在他們精神裡出現非單線的思考感而能落下淚來，那將是一種難得的醒覺力。

大學生只有直覺反應的原因，主要是教育家和教育行政家們的直覺教化形成的。例如，大家明白聯考會扼殺青年思維本能，卻仍然死抱著聯考領導教學的模式。大家清楚教育是教育，職業是職業，偏偏不讓中學生有進入社會接受再教育的醒覺，以學以致用之說，使大學生直覺地感到就業挫喪。任何就業機會都有飽和點，計畫教育只是近程的，教育計畫則是遠程的。近遠不分，也是直覺使然。

我看到一批一批懷抱著無限直覺的大學生，茫茫然走向充滿直覺的社會，他們在校期間缺乏就業領域的遼闊支應醒覺，我心酸酸的度數，一年比一年濃。

教育之重要性

中華民國的教育，早有德、智、體、群、美等五育的教學目標，以道德修養、知識灌輸、身體鍛鍊、群己關照、藝術欣賞，五項洪爐來陶冶健全的青年。先總統蔣公在北伐成功後，成立中國童子軍，我念河南第一師範前期時，被編為第五十五團，團長是體育教員沙瑞辰，我是總隊長，曾到輝縣邵康節的故居百泉露營過。

童子軍除了日行一善外，服膺智、仁、勇精神。「好學近乎智，力行近乎仁，知恥近乎勇。」雙十二西安事變那年的雙十節，童子軍全國代表在南京大檢閱，因為上海、南京等地代表隊，幾乎各近千人。排在最後的東三省代表，每隊只五人，一個帶隊的，只有四個兵，南京運動場，大約有十萬觀眾，都情不自禁地流下淚來。檢閱官蔣委員長訓話時，一聲「親愛的全國童子軍」，全場歡呼，達五分鐘之久，接著說：「三年以後，我們收復東北，打倒日本帝國主義！」我是陪湖北省代表隊去南京玩的，坐在檢閱臺的左邊，親眼看到應邀觀禮的日本大使，在全場又歡呼之際，板著面孔走下檢閱臺，表示抗議。教育的力量，如此強大，我們六年國建，要特別重視。

還有一件大事，是個初中二年級學生辨的。「七七」事變之前，日本人百方挑釁，製造侵略藉口，有一次日本駐南京總領事，突然失蹤了。日本政府一面向我政府要人，一面兵艦進入燕子磯頭，兵臨城下。我政府出動大批軍警憲，四處搜索，並在各報刊登該總領事須磨的照片，希望民眾幫忙，並懸高額獎金。在中山陵園下，有個賣豆漿、油條的，他兒子念初中二，每天黎明未上學之前，幫父親做生意，須磨失蹤事件，他看報知道。有一天來了一位顧客，吃飽喝足，說身上沒帶錢，問：「把上裝的金釦子拿一個抵帳行不行？」老闆連忙說：「這是什麼話，不方便可以借給你兩塊錢，怎能收你的金釦子？」須磨說聲「謝謝」又上山了。

賣豆漿的兒子天天注意須磨事件發展，覺得沒錢付帳的人，很像須磨，要求他父親去報案。由軍警憲在紫金山做地毯式尋找，果然須磨坐在一個巖穴下，用石頭把自己堵起來，警方把他帶到中央飯店用餐。中外記者聞風而至，須磨哭著說：「（一）東京要一個高級外交官給中國「栽贓」，我不幸抽中了籤。（二）當我登上紫金山，看南京燈火輝煌，實在不忍心。（三）第二天夜間，遇見一隻老虎，我臥倒等牠吃我，牠嗅三次而去。（四）實在餓了，才下山吃豆漿。」說到這裡，走進兩位日本人，聲言他神經不正常，馬上送他回國。

我之所以說上面兩個故事，是鑑於我們目前為「免試」和「自願」升學，鬧得不可開交，對於「放牛班」和「明星班」，仍難根絕。像童子軍大檢閱及中山陵園幫父親賣豆漿的初中學生，都可以編入國中教材，以資化育。

大學企業化

七十年前我學習作文時，老師講給我啟、承、轉、合四個步驟。比如〈王婆罵雞〉：誰把我的雞偷了（啟），趕快還給我（承），如果不還（轉），我就要罵了（合）。老師說必須記著。其實，它是個簡單的理則程式。

當時我讀上海大東書局出版的《論說指南》，即是教學童啟承轉合的模範本。它第一篇題目叫〈說學校〉，文曰：「學校者，製造人才之所也（啟）。苟不入校，其才何由而成乎（承）。雖然入校矣，而心馳於校外，卒無所成（轉），吾人豈可不慎哉（合）？」像這樣言簡意賅的小文章，論說範圍很廣，記憶中約五十篇。

現在是什麼時代？我提民國初年的陳腔濫調幹啥？原因是驚奇那時節的人，竟然懂得學校是製造人才的場所，到今天仍很新穎，不少念書人還不明就裡。

所謂「澄社」，前幾天座談「孫震事件」，話題是「學術自由與校園民主」，與會的學者，對政府三四十年來的大學教育經營所付出的諸多心血，指為有百非而無一是，主張「大學有如孔廟」，法律之外應有優惠。他們教育思想落伍，不知道當代「大學有如工廠」。

他們把學校的校園，看作育才聖殿，完全看歸看，說歸說，合不攏轍。他們看到臺灣的大學成為一「生產線」，充其量只是「學術專賣店」，這些看法，看到現代大學精神；而說大學是「壟斷道理的場所」，卻南轅北轍了。

經濟當令時代，一切考究企業化，教育自難例外。教育企業在生產線上，是經濟活動的關節之一。企業刺激教育發展，教育配合企業進步，從近年大學研究所及系組的演變，證明大學教育邁向企業化的事實。

從大學的組織，也能觀察出它的工廠性的一貫作業，學生是進廠原料，教務是原料製作，訓育是製作管理，形形色色的建教合作是社會服務，畢業生的就業介紹是產品推銷，大學教師是毫無疑義的知識販子，將大學看作「學術專賣店」，時代使然，誰也擋不住。

至於說大學是「壟斷道理的場所」，更駭人聽聞，道理包括學術、知識。壟斷涵蓋吞蝕、兼併、獨佔，屬於托拉斯行為。大學真的變為壟斷道理的場所，必然會出現「新黑暗時代」。政府投資大學，以資源換取資源，叫做為國樹人，學以致用者固然不少，但學非所用，到社會上接受「再教育」的也很多。「道理」如朱子所說：「舊學商量加邃密，新知涵養轉深沉。」無法壟斷的。

「澄社」座談的同日，臺大醫院一千五百名護士，抗議政治爭執，帶來不安，他們說：「醫院就是醫院。」我把這句話改贈給澄社諸君：「學校就是學校。」

大學聯招史話

大學聯考，每年燠熱的盛夏舉行，被稱為「烤季」。參與考試的學生和家長，都不免心中好似「滾油煎」。

孩子們打從進幼稚園起，父母就望著大學入學的窄門，「四眼田雞」之多，在全世界佔最高比例。

二十年前，由於聯考有「一試定終身」的批評，所以年年在求改進，而它形成制度的唯一理由是「公平」。依據公平原則，改來改去。試務當局有電腦閱卷，考生有電子舞弊，公平打了折扣。韓國和日本曾派專人到我國考察，想採用我們的制度，後以弊多於利作罷。

聯招是張其昀先生任教育部長時開辦的，他為什麼要辦大學聯考？恐怕到現在還沒有人清楚原因。只有我天天和他見面，許多事情他都以「閒聊」方式告訴我。他說：「臺灣大學歷史較久，畢業生權貴頗多，憑這個優勢，他們的子女能考入臺大，然後再送往外國留學，學成回國又能位居要津。聯招靠本領錄取，誰都能進入臺大。」

我說：「學術界盛傳『新商山四皓』（指的是王世杰、梅貽琦、蔣夢麟、陳雪屏）經常在陳誠副總統面前，批評你秀才造反，說幹就幹，如果樹『敵』多了，對自己不合算。」他說：「老總統已經准許啦，真理只有一個。」

張部長說到這裡，很有信心地強調：「學術界在大陸時期便有南北兩派，你看看中央研究院的院士名單，北派天下，不言而喻。我被視為南派，所以在中央黨部祕書長任內，我籌辦中華文化事業出版社，發行現代國民基本智識叢書，邀請學人各就專長寫書。你參加籌備工作，並奔走約稿，這是為什麼？目的是不分南北派別，一視同仁，消除藩籬。所謂『新四皓』，乃蓄意挑撥離間的人，故意造謠，我們不能上當。俗語有云：『叫我氣，我不氣。我若氣，中了計。氣死了，他得意。』革新大學入學考試，可能不合北派學人心願，過一段時間，會化解的。」

聯招放榜的大學名次，我曾向張氏建議，分公私立兩組抽籤決定，以免引起學生填志願時，誤以為排在前面的是好大學。他說還是以學校成立先後，比較合理。於是，臺大仍然吸收菁英學子，順序而下，排名越後，總分越低，學生選學校名氣，不選學校特色，致後設者吃虧。

等到民國五十一年，張氏主持的中國文化大學（原名中國文化學院）參與聯招，分發的學生總分依排名最低，他曾規定凡第一志願填華岡者，免收學費，效果不彰。張氏有一次對我說：「大家希望大學聯考改進，設若我重回教育部，一天就想出辦法。但不在其位，不謀其政。」

近日報載，大學入學考試中心，提出多元方案，分為推薦甄選、改良式聯考、預修甄試等三個步驟。看來還是在「聯」字上打轉，成功的機率不大。

輯二　笑容與眼淚

公私之辨

近來在報紙上看到主張公賣局改為民營的意見，和私立大學校長要求取消「私立」二字的建議，使我對公的或私的問題，觸發不少聯想。公而不私很好，而公營卻被人詬病。私是人性天賦，求之不得，何以有人要取消私立？

依照文字的構造說，我們先有「私」字，後有「公」字。「私」字的古寫是「厶」，加一個「禾」字乃古農業第一所致。因為私能害公，於是用「八」（分）把「厶」分開，才有了「公」字。古人所謂：「大道之行也，天下為公。」其理想多麼正大光明。

其實不然。理想歸理想，事實歸事實。浩浩一部中國二十五史，就完全是一套私史，每一朝代都是一姓一家為主，寫歷史的人以一姓一家為主而不加批評，甚至把「家天下」視為當然。此一把天下為私當作天下為公的思想，根植在傳統思想中幾千年來，弄得我們到今天還有人公私不分。

在自由民主的社會裡，最怕歷史尾巴的困擾。像美國它是一個新民族的組合，談不到史尾性牽扯，說公就公，說私就私，不但公私分明，而且公中有私，私中有公，達到全民福利。我們有史尾攪局，菸酒公賣在企業自由化裡架了個平交道的柵欄，以公妨私。私立大專產生家族系統，子承父業例證歷歷，反覺私立的「私」字不夠體面，忽視憲法規定的公私教育有別，這種心態出自以私冒公。

諸如公菸酒和私學校這類爭執，在我們國家社會中多到不勝枚舉。尤其政治理念的公私之爭，常常令大多數選民感到公私混然。但我認為這些現象是步向知識社會現代化的一個過渡歷程。今天我們的社會識見度還如同棗胡，中間大，兩頭小，一頭絕對公，一頭絕對私，中間的大多數幾乎全是憑直覺而缺乏真知的一群。漸漸地中間一群有了堅定知見之後，什麼是公？什麼是私？兩頭尖端玩弄公私的一些把戲，都無計可施了。

金權新說

當我們新舊文化交替時際，出現許多轉型性的現象。最近為年底大選所掀起的政治潮，和高利投資而引發的經濟潮，又相互干擾形成一股綜合的政經風波。熟悉民主自由成長的人士，認為這種風波是正常的。一些與新時代蛻化有隔閡的瞎子摸象派，不免大驚小怪起來。

選舉參與爭魁的目的在爭權，投資挑揀高利的目的在奪利。它固然是民主自由社會的產物，也是人與生俱來的本性。中國人早有成語：「大丈夫不可無權，小人物不可無錢。」權能夠生錢，錢能夠生權。議會政治下，民意代表有權，權能通神。利益團體有錢，錢也能通神。金錢與權力，有槓桿作用，有蹺板作用，更有天秤作用。老實說，此一作用由吸引、排斥，推進民主自由。我簡明地一針見血戳破它，讓任何政治學家也反駁不倒。

金與權乃民主先進國家結合已久的政治特徵，它們運用成熟，大多數都保持平衡，藉政治捐獻，或餐會募集，化暗為明。至於利益團體的公開表情，與遊說組織的檯下活動，司空見慣，沒有人批評。蓋錢和權互生互利、互存互長，是資本主義壯大的主要成分，無法遏阻。

問題出在我們是過渡期，大大小小事情，都沾上民主自由氣味，所謂泛政治化，於是便大大小小事情，都不免錢與權彼此激盪。前述的選舉潮及金融潮，正是金炒權、權炒金的騰騰熱流，算不得異數。唯一病疼，只是方法、手段等技術上未臻圓滑，險象環生，致今處於熱流中的大多數人，輕則頭痛腦悶，重則危及健康。

國父中山先生鑑於民國初年的民選國會，慘然失敗，乃在〈建國大綱〉中規定「訓政時期」。訓政時期的各種建設，有歷史可查。抗戰勝利，創傷未復，又迫於局勢，冒入憲政，招致大陸赤化。在臺四十年，如果沒有「戒嚴時期」，別說今天沒有金權交輝的七葷八素場面，可能三十年前，我們就淪入竹幕，連「哭喊自由」全失掉了。

我們瞭解金權的時代意義後，勿再錯怪正常的金權精神，太過的舊觀念，太老的道德範疇，反而會影響民主自由步伐。但是，直接的金錢換取權力，直接以權力換取金錢，甚至為金錢或權力，不惜鼓動風潮，以大眾生活福利做賭注，卻無法容忍。最基本的做法，加強民主教育，增進自由認識，才是百年大計。

笑容與眼淚

臺北市議員在審核社會局預計時，刪掉了十幾筆不急的項目。一位議員說：「錢用在增加笑容上，不如用在擦乾眼淚上。」這兩句話正是：「與其錦上添花，何如雪中送炭。」一站在選民立場，看慣了為杯葛和為表決而表決的民主鬧劇之後，對這位顧念窮人的議員，我肅然起敬。

從國家形象的生活外表看，我們幾個大都市洋房林立，金迷紙醉的時光穿梭在車水馬龍中，為了國際間貿易傾軋竟然有洋人把我們列入開發國家之林，而我們熱烘烘的一些政治人物，究竟有沒有老老實實分析過，整體人民，到底是笑容多？還是眼淚多？至少我可以斷定政府外匯存底之多，與國民笑容之多絕對不是正比。我甚至不用邏輯推演，就能證出各級民意代表的笑容與選民的眼淚是反比的。

阿根廷的海軍打沉了我們一條遠洋漁船，國內傳播媒體揭露出討海人的長久辛酸。電視一再現映落難船員家屬的痛哭鏡頭，眼淚大把大把地流下來，觀眾會直覺認為那是親情傷慟，我卻看到他們家屋破舊，衣著爛陋，兒女寒傖，幾乎不相信我們有這樣的討海人家。想擦乾討海人家的眼淚，絕非落難之際，而是風平浪靜的平常時期。平常時期的漁民淚，不但沒有人替他們擦乾，反倒被虛胖分子故意給他們刻畫成淚眼敷笑容，粉飾太平。

和我在一起吃粉筆末的李姓老教授，當年風光一時，料不到他餓死在陽明山。朋友曾代他向臺北市社會局求援，折騰一年沒有下文，他在山窮水盡下自殺。老蓋仙夏元瑜在幾篇雜文中懷念他，但不會說出他怎樣死的。李老頭死前兩年即失去淚眼，因為他淚泉枯竭了。

任何時代或任何社會，都免不了有笑容也有淚眼，畸形的現象則是笑容無端建立在淚眼上。更可悲的是，在淚眼上耍花槍，像我們的「老人福利法」。

政治魔術

古老文化裡，人類只有政治行為，沒有政治學。政治行為積累的花果，漸漸被組織為政治學。每個政治文化，產生背景不同，所以它孕育、成長和發表，各具性格。直到今天，世界上還有政治性格透露相異聲息。在政治做意識形態的生存競爭中，搞政治的技巧，從國際的、國家的、政黨的、個人的，大大小小操作中，不但政治科學解釋不了，連政治哲學也找不到它的邏輯程式。

任何政治實務，都有所謂「體」，體是真況，以我們「體用」原理講，政治運用，則像玩遊戲法一樣，藉幻覺、錯覺等方法，大顯神通。同樣的政治環境，尼克森遇到水門案，雷根扯上軍售案，同樣被美國人視為醜聞，同樣被傳播媒體扒糞，尼克森黯然下臺，雷根卻光榮交棒。現代政治已魔術化，戲法人人會變，只是巧拙不同。

魔術師推出表演工具時，利用觀眾心理學，聲東擊西，擾亂視線。欣賞者明明知道，偏偏上當。政治魔術，也是一樣。國內最近出現一場政治魔術，宛如戲法的「鋼刀鋸美人」，精彩的節目，變失手了，落得美人流血，觀眾吃驚，魔術師灰頭土臉，無法收場，退票（選票）之不平則鳴，此起彼伏。——事實是銀行法修正案。

銀行法的修正，其政治意義，不下於開放黨禁與報禁。我們追求經濟自由化，金融結構不健全，許多操縱壟斷的病疼，使淹腳目的國內游資，充斥而氾濫，從大家樂、六合彩、炒股票、飆房產，形成中國人有史以來的金錢大遊戲。不會參與遊戲的大眾，感到銀行利息小若眼屎，便問津於投資公司。於是投資公司林立。銀行法之修訂，掀開金融自由化、利率自由化，能讓我們縮短步入資本主義過程中，金融紊亂波及的社會危機。

可笑的是，修銀行法的正面意義，財經首長和有關官員，從來沒有強調過，反而在登記有案的投資公司身上，大發議論，百分之九十九點的話鋒，都猛刺向皂白難辨的投資公司，導致大眾傳播媒體，一窩蜂式連篇累牘圍剿投資公司，鬧得幾百萬投資人，魂飛魄散。

新修的銀行法，本身問題很多。比如增設銀行的資金限額，規定太高，仍然維護了大財團，大魚吃小魚，國民貧富距離越拉越遠。再如利息自由後，它的上下限如何規範？政府把「銀行法」誤導為「取締違法投資法」，新聞界在這支魔術指揮棒下，最聽使喚。有誰人想到美國一九三〇年代的銀行倒閉大風暴？政治豈是這樣玩魔術嗎？

民意難捉

民意調查（或稱測驗）是新興學術工作之一，它的主題擬定，問卷製作，對象選擇，分析統計，有科學性規範；之所以能夠在民主先進國家流行，由於可信度高。開放社會接受民意調查的人，不論職業、性別、年齡、黨派，有平均的知識水準，回答問案時，多能保持理性客觀，也習慣於這種調查，態度上認真負責。

調查機構本身必須絕對獨立超然，統計出來的結果，才有研究、參考價值。假若問卷設計，預存立場或隱含故意誘導，有經驗的受訪者，往往以拒答、無意見來表示，甚至誠心顛倒是非，增加調查的失誤率；雖然電腦可以剔除錯答比數超過一定程度的問卷，而受訪人與有效樣本，差距擴大，明眼人便體會出不正確。凡是有特定背景，或被收買，或遭利用的調查機構，存在很困難。

美國民意調查史，寫過失敗節目。一九四八年美國總統大選，杜魯門與杜威爭霸，大多民意測驗，包括蓋洛普在內，一面倒向杜威。《紐約時報》相信調查，不等開票結果，搶先出報。不料杜魯門當選，使該報向讀者及杜魯門道歉。事後有人研究何以差失，論點是女性選民不喜歡杜威的小鬍子。果真如此，病疼發生在對象選擇不平衡。

我們轉型文化，奔向多元，民意調查應運而生。雖然有社團的、大學的、媒體的不少機構，主動或受託做過不同問題的調查，除了測驗技術正在起步外，民意程度距離成熟還有一大段路。因而這項工作，不受大眾矚目。

由調查而統計出來的數字，精確說，只是個概數。太相信它，它會變成魔數。茲舉出兩則入魔的笑話：

美國式的屬性不同之比——念六年級的強生對爸爸說：「媽媽肚裡是個中國人。」爸爸大吼：「誰說的？」強生：「老師說，世界上四個人中，據統計其中就有一個是中國人。我們家已有三個人，下一個不就是中國人嗎？」

英國式的基數微小之比——倫敦外海一座荒島，有一對情侶居住，三番五次報請政府供電，沒有迴響。兩年後他們生了個小孩，又報告政府說：「居民增加百分之五十，需電迫切。」政府大為吃驚，連忙造預算興工。

民意調查統計數字，有煽情作用，利和弊相連。假若當年興建石門水庫或翡翠水庫，遇到今天這樣民意發達情況，它會百分之百地胎死腹中，因為它的安全威脅，比核電廠還大。我的意思是，青澀的柿子不能吃。

借題發揮的民意測驗，最抹黑民意測驗的真義。有所謂學者專家，常常對自己或別人的調查數據，以一己之私見，藉公器來發洩，難怪外行人：「看，不懂！」內行人：「懂，不看！」

失敗主義

我小時候，讀過明代大儒呂坤的《呻吟語》，一直記著他說的：「人不如我意，我必不如人意。人不如我意，我一人；我不如人意，千萬人。未有不如千萬人之意，而不危者也！」宋代理學到呂坤時際，已屆末流，玄虛之論，近於清談，而呂坤仍有大程子「萬物靜觀皆自得，四時佳興與人同」的處世謙和胸襟，勸人反求諸己，不能由事事不如我意，處處不如我意，以至人人不如我意，造成與千萬人對立，把自己陷入危險孤絕的境地。

民主時代的民主人，把如意和不如意，匯結為多數或少數的集體人意，經過民主程序，達到溝通、協調、諒解、合作。議會政治是民意以如意與不如意，公開對決，而取得中和的介體。成熟的對決形勢，是民意代表各以如意或不如意的人意背景做基礎，出手應戰。它的交往原則是，執政的須忠誠，反對的也須忠誠。於是，如意及不如意揉和出集匯點，彼此容忍，推動政治建設。

我們的國會立法院，因為戡亂大業未竟，第一屆立委幹了四十年，受到批評，被新科立委罵為「老賊」、「表決部隊」、「行政院立法局」。但我們平心靜氣、衡情度理地研究一下，假若三十或二十年前，出現今天這種作秀立法院，置國計民生各類法案於不顧，使政府癱瘓，我敢百分之百地推定，臺灣早就被中共攫奪了。

新科立委，大多數還遵守自己使命；少數不在乎不如千萬人意的「老鼠屎」，攪和在臺獨案、保釣案、江南案等空中樓閣裡，犧牲寶貴議程。特別是「敷衍兩句案」，一些「扒糞派」的媒體，把它和「水門事件」、「高球場關說」扯在一起，眼看「民主」變成「己主」，「進步」變成「退步」，無理性拂逆千萬人之意。我們曾有人說過：「有什麼樣的選民，就有什麼樣的民代。」現在要倒過來說：「有什麼樣的民代，就有什麼樣的選民。」

甩掉千萬人意的國會議員，是阻撓國家建設正常運作的失敗主義者，他們為求個人成功，不惜以千萬人幸福為賭注。很多人看到這種和稀泥的國會，會影響自己事業與前途，紛紛打算出國發展。鬼打牆派的立委，又把信心危機推給政府，郝柏村院長答覆質詢時說：「失敗主義者，不必強留他們在臺灣。」這句話非常令人痛心，由於這些人不肯在國內與魔鬼拚鬥，留他也沒有用。

選民有監督甚至罷免民代的權利，不能讓千萬人之意，任他們糟蹋，自己卻扛著失敗主義的招牌開溜。打生不如鍊熟，在國內繳了械，到海外更沒轍。希望我們選民包括媒體在內，向立法委員中的野馬，揚起鋼鞭，馴服他們別繼續製造失敗主義者。

宣傳難為

後冷戰時代的宣傳工作，邁向新境界。新聞局日前在《紐約時報》言論版，刊登一篇我們務實外交的廣告，其中有臺北暫時接受「雙重承認」之詞，不料在國內引起軒然大波。

這個廣告如果是對美國人而發，可說是瞄準了新境界的靶心。美國的國策是一個中國，而執行國策和一般美國有識之士，卻心裡明白那是將來，絕非現在。海峽兩岸，各憑實力，在漫漫的後冷戰期內，逐鹿中原，鹿死誰手，難以預卜。暫時的雙重承認與務實外交這條繩索，是獵鹿最和平的武器。國人染上恐共症者，看到獵鹿繩索，就不免心中發毛，那還談什麼統一大業？

中共是宣傳的高手，它所謂的統戰，無不以宣傳為手段，吃人為目的。一國兩治是請君入甕，三通四流是笑裡藏刀，武力犯臺是圖窮匕現。我們新生代的政治家，誤解我政府以宣傳對付統戰，是一件危險的事。

同樣一份宣傳資料，可做正反不同的宣傳運用。民國三十九年五月我主持《中國一周》編務，運用中共宣傳資料，很受讀者矚目。那時的中央四組（即今之文工會），大不滿意，指我為匪宣傳，有匪諜之嫌。要不是我的革命事蹟足以「避邪」，怕我早就做屈死鬼了。

事實是：中共的《人民日報》刊頭的左方，每天有一幅五吋大小的照片，標題「偉大的祖國」，其中有些很「糗」。例如：一位俄國顧問，抱著一位中國小姐，說明是中蘇親善；大群赤體的人開山，說明是建設光輝；用人力拖拉犁耙，說明是努力增產。我把它選出來，刊在《中國一周》上，標題「苦難的大陸」，重寫說明，意義相反，讀者觸目驚心，效果非常好。

四組主任祕書周天固，當面告訴我事態嚴重，我不在乎。他們報告中央祕書長張其昀，張氏在臨沂街招待所請吃飯，勸我取消「苦難的大陸」，只好停止了。不料，兩年之後，中央六組舉辦「大陸照片展覽」，竟把「苦難的大陸」照片，全部翻大為十八吋展出。我向四組抗議：「究竟是誰對誰錯？」四組向我道歉了事。

宣傳要得當。我在總政戰部工作時，蔣主任經國曾說過個笑話：有位信天主教的小姐，悶悶不樂，父母問她原因，她說愛上一個男士，可惜他不信天主。父母說：「妳勸他信天主就好了。」小姐下功夫勸他信主。過些時小姐更悶悶不樂，父母問她為何，她說他當神父去了。

「苦難的大陸」是以子之矛，攻子之盾，是宣傳方法之一。經國先生所說笑話，是宣傳不得當。這次新聞局在《紐約時報》所刊廣告，不僅文字宣傳，而且政府正在做，把事實公諸世人，又無洩密可言，我不懂有啥爭議之處。

非國劇

鄧小平：（唱【二黃倒板】）洋廣播、破城鎚、美國之音。（【迴龍】）為人民、操碎心、三五菸、不離嘴、小心老美。（【原板】）想當年、在朝鮮，一場血戰。只殺得、紙老虎、東逃西散。沒奈何、劃下個、三十八線。侵越南、我不甘、出兵支援。兄弟邦、能糾纏、炮火連天。小美帝、狼狽竄、好不慘然。恨只恨、恨蘇聯、自砸金碗。美帝國、好運轉、敲我算盤。（白）我說列位領導高幹呀！

李鵬、江澤民、錢其琛：（齊聲）在！

鄧：識時務者為俊傑，我要爾等對國家敵人的美國「放鬆一點」，貝克來訪，收到啥子效果？

李：（唱，模仿【數板】）提起談判，淚不乾，他帶來三個大條件，限武、貿易和人權，不把我們放在眼，故而對他「綳得緊一點」。不料他撲克面孔更難看，握握手都不幹，使我們泱泱大國丟盡了臉。

鄧：且住，咱家只要裡子不要面子。

江：（唱【二黃原板】）談人權、他拿出、一份名單。八百個、政治犯、查問根源。他怎知、反革命、依法審辦。殺的殺、關的關、毫無屈冤。怪的是、無其人、名單胡編。美政府、這樣搞、談什麼判？

鄧：（白）大膽！這簡直是干涉咱家內政嚜！想我中國人口佔世界四分之一，八百政治犯有啥稀奇？（唱【西皮搖板】）眼睜睜、欺侮咱、老子不怕。要如意、除非是、比比高下。

錢：（白）他拿有布希總統的信，要求見最高領導人。

鄧：（白）你待怎講？

錢：（唱【二黃原板】）信言道、你老人、謀略大家。彼此間、交往好、靠你拉拔。到今天、起風沙、情勢下滑。他有箇（轉【快板】）限武車、要咱家搭，上了車、斷財路、豈不抓瞎？談貿易老把「三〇一」在嘴上掛。我同他幾乎磨碎牙，不得不使出撒手鐧，半真半假，玩了這個泥娃娃。想見您老，被擋駕。

鄧：啊！哈！哈！哈……

李、江、錢：（齊白）最高領導人為何發笑呀！

鄧：（白）我笑半真半假、玩泥娃娃這兩句話，（唱【西皮原板】）真真假假常使喚，玩泥娃娃真新鮮。回憶三四十年前，共產主義紅半天，蘇聯跟咱翻了臉，還它糧食還它錢。土法煉鋼人人笑，竟然造出原子彈。四個堅持不放棄，社會主義最香甜。（轉【西皮搖板】）人生在世如花籃，轉眼之間就凋殘。我已經日近西山，不放心的是臺灣。如果臺獨真造反，動一點武別手軟。

李、江、錢：（齊白）得令。

鄧：（白）退班。

臺灣與波灣

新任美國國防部主管國際安全事務助理部長李潔明，堪稱中華民國之友；他在就任新職之前，以平民身在哈佛演講，強調中共主權過時，武力犯臺是癡人說夢，曾用中國話「放空炮」，形容中共吹牛。由於李潔明算個中國通，他這番話給我們臺獨分子相當鼓勵，認為美國對華政策將有轉變。我外交部長錢復說，李潔明出使大陸期間，自稱受到挫折。所以，我個人覺得他的講詞不免情緒化。

接著，李潔明又在哥大演說，會後答覆媒體訪問，說他的許多話在臺灣被錯誤引用，則是「引用《聖經》上的話，為魔鬼宣傳」，本末倒置，因為他的話並不是贊成臺灣獨立。消息傳來，又給氣燄高張的臺獨分子，澆了一盆冷水。

不過，李潔明一再宣稱在波斯灣戰爭之後，中共領袖一定知道美國安全承諾，是不可輕視的。美國在「臺灣關係法」中，反對海峽兩岸任何一方片面用武力解決問題的大原則是不變的。他曾提到美國在亞洲的強大武力。言外之意，表示美國有可能在臺灣打一場波斯灣勝戰。

遺憾的是，就在李潔明發表演說的同時，美國中央情報局長蓋茨向眾院軍事委員會作證，指出中共是美國最大新隱憂，說中共已經部署少量核子彈頭飛彈，瞄準美國。中共是蘇聯以外唯一有能力用核子武力攻擊美國的國家。

臺灣與波斯灣，很難相提並論。伊拉克強人海珊，憑他和伊朗的長期作戰經驗，以為他能打退美國，忽視了石油問題牽扯許多大國的共同利益，因而美國能一呼百應，海珊四面受敵，不得不認輸，美國獲得光榮勝利。

波灣之役，回教國家不是袖手旁觀，就是與美國合作，如沙烏地阿拉伯，便成為美國戰友。美國得到海陸空裡應外合的絕對優勢，海珊的戰略、戰術跌入谷底。

贏得波灣戰爭，取到制空權為主。李潔明知不知道，打中共很容易獲致制空權，中共的空軍不是美國的對手。但是，當年中共和蘇聯翻臉時，它怕蘇聯動武，用數以億計的勞改奴工，利用中國大陸的遼闊幅員，築建了一條隧道，叫做「地下長城」。這項祕密工程，內容如何，奴工分段工作，也莫明究竟，美國情報人員迄今查不出真相。所以，想以空襲癱瘓大陸，是一件困難的事。

中共瞄準美國的飛彈，正是李鵬訪問印度時所說，不能讓美國在世界稱霸。大陸有十一億人口，正規軍之外，能獨立作戰的民兵無法統計，中共控制嚴密，希望他兵變或大量投降，至少說在目前還不可能。

李潔明出任國防部助理部長，我們盼望他能幫忙以新武器出售臺灣，讓中華民國增強防禦力量，在我們擬定的兩岸統一政策下，藉和平方式有步驟地達到目的。

新春勸政客

一種地區的、國家的或民族的風俗習慣，形成某些文化形態，非一朝一夕煮熟，也非一朝一夕所能冷卻。中華民族的過年文化，由神州波及到古代鄰近的藩屬領域，直到現在，陽曆年只點卯，陰曆年才熱鬧。

我們把陰曆年改稱春節，一年之計在於春，依舊含有一元復始、萬象更新之意。凡事「豫則立，不豫則廢」；從政府到個人，或多或少，或大或小，都必定做前瞻性策畫，不管實踐程度如何，無不照著目標奮進。

新時代潮流衝激下，套用媒體創造的新詞，能夠說人人想分吃民主「大餅」，人人有一冊進步的「版本」；可惜不懂法治精神，不少人被政客族利用，甘心接受上天摘星的麻醉劑，破壞政治建設，阻撓經濟發展；一撮高級知識分子，自命替天行道，也墜入政客陷阱，甚至步入布雷區而不回頭。民國八十一年春節過後，希望政客族和他的尾巴們，能改過遷善，所謂浪子回頭金不換。

中原有句諺語說：「指山賣磨」。機器發達後，麵粉廠一貫作業，這邊麥子裝進去，那邊就一袋一袋麵粉落地。我們老祖先傳下來的磨坊，則是用砂石鑿成兩個石質的磨子，圓形，直徑約四尺，放到磨盤上，用人力推動或牲口拖動，麥子磨碎，再以人工倒入極細的絲線編織的「羅」中，搖出麵粉。磨是農業社會原始生活工具之一。所謂「指山賣磨」，表示賣空。因為山間的石頭，是否合於做磨條件？石頭怎樣運下山？有無石匠加工製作？八字沒有一撇，就指著山賣磨，完全騙人，竟然有人上當。政客族說臺獨成功，能進入聯合國，便是指山賣磨。

野臺戲由來已久，西洋戲劇學者批評我們現在的國劇，樂器過於響亮。他不知道這是野臺戲的露天戲劇演唱，所遺傳而來的史跡。野臺戲沒有座位，觀眾都站著欣賞，身材短小的矮子，夾雜在觀眾陣營中，只能聽戲，看不到演員動作。有人諷刺：「矮子看戲何曾看見？只是隨人說短長。」國劇的高度象徵，八九人，千軍萬馬；六七步，五湖四海。政治也是一種藝術，與戲劇藝術類似的地方很多。臺灣的政客族，摸透矮子看戲的心理訣竅，不斷以野臺戲的方式，高唱「臺灣人不是中國人」，觀眾議論紛紛，矮子看不到演員動作，便認為「中國人不是臺灣人」。政客族火中取栗，卻令矮子先下手，燙傷的則是矮子。

中國國民黨在復興基地創造許多舉世欽佩的奇蹟，號稱大反對黨的民進黨也「創造」不少「奇蹟」，例如「臺獨綱領」正在騎虎難下之際，竟而異想天開，組織所謂「自衛隊」，還企圖武裝起來，以槍桿子搞「民主」，是「進步」或退步，不言可喻。新春除舊布新，希望暴力的思想與行動，從今年起消逝。

撐上水船

放眼世界向「錢」看，一九九二年將是一個逆水行舟年。撐上水船，比順水推舟難。野渡無人舟自橫，或船到橋頭自然直，屬於物理作用，能相提不能並論。

冷戰時代鬆動後，為冷戰所付出的「錢」力，東西方兩大集團，隱伏的經濟危機，漸見暴露。這場冷戰，等於第三次世界大戰，主腦國的經濟蕭條，勢所難免。

一次大戰後，經濟不景氣，曾波及我國。那時我年紀小，只顧念書，上海大小書局出版的書，便宜到一折八扣，定價一元僅售兩角錢。我的「三樂書屋」，在開封雙井街，花了二千多元，就建立一個小小圖書館。自己不知經濟危機，商人血本無歸，如此可怕。現在經濟技術進步到國際化，流通性強，不可能出現這種情況。

順水行舟，並非理想那麼一帆風順，它遇著波浪時，浪頭起伏，往往會達一丈多高，必須掌舵的有相當應變能力，舟在「搶浪」當口，隨浪上下，一剎那出水，一剎那入水。經驗不足的舵手，不是出水時翻舟，就是入水時沉舟。凱因斯經濟理論，消費及生產如同起伏兩個浪頭，政府是掌舵的，我們經濟起飛，即「搶浪」成功之果。西方經濟學者，多批評凱因斯落伍，是外貿上一種錯覺。

美國總統布希前些時有東亞經貿之旅，被日本人嘲笑為美國人太「懶」，因而經貿衰退。俄羅斯總統葉爾欽到處請求「經援」，他們蘇聯時代的核武，不能當麵包吃。誓言保衛社會主義的中共，正為餵飽十一億人的肚子而受煎熬。中東的火藥庫，波灣之戰沒有毀滅它，海珊憑石油輸出，復興很快。這些例子，都是撐上水船。

撐上水船，困難多多。我童年生活在黃河三門峽，從史家灘望對岸逆水行舟，大木船揚起兩張巨帆，船員四十幾人，一半留於船上搖櫓，一半在岸上牽纜。牽纜的有一位唱：「天下的黃河有幾十幾個彎呀？」大夥兒齊聲唱：「嗨喲！」（原歌有十句）「嗨喲」聲起，搖櫓的、牽纜的猛一用力，船向前猛進。有時船歪斜了，掌舵者馬上矯正。船上、船下的船員，同心協力，與世事相彷彿。

當全球關鍵地區都撐上水船之際，我國位居要衝，面對艱苦的統一大業，立國大計的修憲工程，邁向開發國家之林的六年國建近景，加強民主政治成效，剷除臺灣絆腳石，運用世界第一的近千億美元外匯存底，以及全民健保開辦，在在需要同船人在舵手領導下共濟。

但是，「去山中賊易，去心中賊難」。我們有不少心賊，不是想在船底鑿洞，就是想在航道布礁，他們沒有能力沉船，而足以貽誤航程，擾亂航線。打擊心賊，要用「心」法。因此，撐上水船年，不希望我們有強人政治，唯願有強心政治。

改進徵稅技術

現在正是申報個人綜合所得稅時節，那張叫做申報表，沒有會計學常識的人，越看越不懂。老友司徒衛兄（即在《華副》寫《近思錄》的茂如），每年都有「臨表涕泣」之嘆。這個由美國請回來設計的稅制專家劉大中所訂的「人頭稅」，夫妻合報，稅款經常增多，有人稱它「婚姻懲罰稅」，曾發生假離婚、真逃稅的怪事。

行政院長郝柏村日前在行政院會上說，所得申報表複雜繁瑣，他也不知如何下手，想像將來按鈕或刷卡即可報稅。郝院長以經驗提示便民主張，國稅局表示將開會研究。主管國稅的財政部，年年在減免額上打算盤，在收稅技術上從沒有大刀闊斧做過應時的改進。如果劉大中還健在人間的話，一定會要求利用電腦徵稅。

一般大企業多半有逃稅、漏稅專家，多報少，有報無，偷天換日，百方省稅。甚至有不肖稅務人員，以受賄而指點節稅路道。媒體曾說財政部修稅法，個人所得稅如有短報、誤報者，不只補稅，罰款，還要以刑事犯送法院審判。果真如此，法院必「山陰道上」接應不暇。後經輿情反映，又說「微罪不舉」，這距郝院長的想像很遠。

財政部的賦稅中心，有一套電腦，七八年前我就接到一次莫明所以的補稅單（含罰金）。我提出複查，結果是「張冠李戴」。假若我照付，豈不冤枉？究竟財部有無賦稅中心，我是聽文化大學替我填報稅單的會計小姐講的。有，就擴充一下；沒有，就責成國稅局設立。凡納稅人收入，由支付機構直接報徵稅的國稅局，輸入電腦，收稅時電腦計算單寄給納稅的人。當然，電腦也有錯誤。如大學聯考電腦計分，錯誤的機率非常少。國稅局不能墨守成規，老在連郝院長也看不懂的申報表上推敲了再推敲。

個人所得稅的退稅問題，須再三月底申報才能獲得最速退稅，但限於三萬內的數目。此一設限，沒有道理，為什麼三萬以上者不能享受早退？頂沒有道理的是，繳稅期急如跑馬；一般退稅期則慢似蝸行，快者五六個月，遲者十來個月，晚繳的還要罰滯繳金，真是「只准州官放火，不許百姓點燈」。我以為納稅是國民義務，徵稅是國家權力，義務與權力必須平衡。納稅晚了要按日科以罰金，退稅拖漫長時日，對義務人毫無補償，很不公平。若能超過一個月退稅之期，不論數字鉅細，一律依照中央銀行規定的利息，補償納稅人，納稅人才會心悅誠服。

我們現在的高級公務員，似乎還留有多做多錯、少做少錯、不做不錯的毛病，缺乏自動自發精神。像個人所得稅的徵收技術改進，等到郝院長說話了，才開始研究，宛如老式鐘錶，上緊發條始能轉動。可是，今天是電子時代了。

注意物價

最近物價蠢蠢思動，大家關心的是蔬菜，漲的幅度並不算高，所以用戶還不曾有談漲變色的形象。

大陸沉淪前夕，通貨膨脹。上海物價，一日數漲，一時數漲，甚至幾秒一漲。例如到小吃店吃包子，剛坐定，叫夥計再來一盤，得到的回應，必然是「漲價了」。

中共破壞經濟，擾亂金融，是它的拿手好戲。目前民間和中共來往頻繁，鄧小平說：「臺灣王永慶，願出七八十億美元設廠大陸，臺灣外匯存底七八百億美元，如果有十個王永慶，臺灣豈不就完蛋了嗎？」這話固然是鄧小平吹大氣，而老一代的中共領導人，知道用金融、經濟打擊我們，單是上海當年的物價之戰，我們就吃了它相當的虧。

經國先生曾奉令到上海整頓物價，抱著「縱然是狼我有打狼的漢子，縱然是虎我有擒虎的英雄」的莫大決心。曾有一次空前絕後的舉動，由中央銀行大量拋售黃金，商人（或政治人）大量吸進，不料到了下午，央行拒收支票，非現鈔不可。吸進黃金者，認為這是千載難逢的好機會，百方蒐求現鈔，直到深夜才算湊齊。擁有黃金者，喜不自勝。第二天出現另一個世界，通貨一張也不見了。

上海小錢莊林立，它看到通貨籌碼沒有了，立刻發出小本票，消費者競相兌換，以免自持的銀元或美元，無法使用。假若你的銀元或美元不換小本票，店家也會自動以小本票找零。那時上海連難民在內，至少有兩千五百萬人。相傳中共得到消息，認為央行有大量黃金流出，乃把在內地搜括得來的國幣，四面八方向上海運送。果然不到一個星期，金市又恢復了，比央行拋價，高出三倍。

經國先生審情度勢，察覺中共魔掌伸入上海，要管制物價，市民不知道合作，必然會「抽刀斷水水更流」。雖曾揮劍斬蛇，無濟於事，乃離上海覆命。有人說經國先生在上海踢到權貴式的鋼蛋，那時我在上海，對這件事知道最清楚，寫現代經濟史的別以訛傳訛。

政府來臺四十年，除了韓戰爆發前有一段時間，我們有陷於經濟崩潰之虞，黃金每兩官價二百元新臺幣，黑市則超過一千七百元，還缺貨。之後，我們物價指數及生產指數，就步入正途。在內憂（臺獨）外患（中共）不斷煎熬之下，兩位蔣總統支持歷屆財經內閣，物價從未脫軌。

據統計，我們的物價最近高升百分之六，它是由各種物價合併統計。但以我這個「藥罐罐」來說，我十二指腸不好，每天要吃四小包「爽胃王」，它八十小包原為三百五十元，今天漲到六百五十元。「三馬軟膏」，我睡久了有褥瘡，每天早晚須用一瓶，它從六十元漲到一百元。由兩個實例來說，它的漲幅豈是百分之六？

政府對物價該注意了，不能讓物價扯經濟起飛的翅膀、經濟起飛的後腿。

雜感三則

一、另一種水土保持

物理學家說，太陽蒸發地上水份，升空成雲，雲能作雨。臺灣四面環海，汪洋博大，它應該經常霪雨連綿。其實不然，臺灣也鬧旱災，還出現水源枯竭，灌溉和食用水，荒訊頻傳。天氣變化的反物理現象，真的天有不測風雲；氣象科學家的專業知識，一般人有聽沒有懂。

今年四月下半月，大雨滂沱，公路坍方，行車毀翻，旅客傷亡，蔬菜損失；旱災免了，潦災形成。臺灣之所以容易旱潦相接，原因是儲水空間太小，自然生態原本有缺點，加上水土保持工作沒做好，徒喚奈何。

自然環境，會影響居民心理。我們國民所得平均還不到一萬美元，竟而有淹腳目的金錢潦災，災情慘重，已危害到國家社會安全。假若政府不及時在財經政策的「水土保持」上下勁，則福兮禍所倚，難免金錢旱災。

二、新聞颱風海水倒灌

「官念」一詞，是我仿照「觀念」杜撰的。

人有領袖慾和支配慾，做官的念頭，除了極少數視富貴如浮雲的人物之外，官念牢不可破。中國民主思想發生很早，孟子就說過：「民為貴，社稷次之，君為輕。」但，皇上是天子，「食君祿，報王恩」的人，大而有五霸七雄，挾天子、令諸侯，小而有外戚派、宦官派，爭權奪利，無非官念作祟。至於臣弒其君者、子弒其父者，如能逆來順受，居然也能夠由「盜」統變為「道」統。

天下為公的大同思想，使我們不少聖帝明王，用各種管道，向民間求才，因而有詩：「朝為田舍郎，暮登天子堂；將相本無種，男兒當自強。」而事君如伴虎，皇上一怒，不唯個人被殺，還會株連九族。問題是一人平步青雲，全家雞犬升天，所以誰也擋不住官念。

我們今天步向民主時代，小型公務員多能依法來去。當大官的都有「一日為官，終生為官」之念。最近在新聞民主浪濤中，泛起陣陣官念潮，記者們有：豐富的想像力，貧乏的觀察力，強勁的分化力，挑撥的剖析力。它對政局的傷害，比颱風引來的海水倒灌還兇險些。

三、上帝與撒旦難辨

這次立法院院會開議多日，發言塞車，很少民意；充滿國劇《楊四郎》中鐵鏡公主唱詞：「芍藥開、牡丹放，花紅一片；艷陽天、春光好，百鳥聲喧。」的戲劇化。反對黨立委杯葛議程，目的在癱瘓政治，路人皆知。執政黨也節外生枝，上演家變，派系林立。老、中、青三代立委中，誰是上帝，誰是撒旦，選民無法辨識。國家走到一個新的臨界點，我乞求執政黨立委，嚴守進退分寸，大家不一定都能成扭轉乾坤的聖人，至少可以不做自毀長城的罪人。

晴・多雲・偶雨

晴、陰、時多雲、偶陣雨，或雷陣雨。以上是氣象局預報天氣時，慣用的術語，有時只用一兩個，有時全部托出，大自然的變化是多端的。

有人把這種氣象變化，借來形容一個情緒不穩定的人——開朗時晴空萬里，事事自得；鬱悶時，愁雲密布，暗無天日；消閒時，靜觀輕雲學水流；煩躁時，如雨打芭蕉；心結解不開時，拍桌子，打板凳，大發雷霆。

更有人拿它來描繪一個美女——晴是她甜言蜜語，令人神魂顛倒；陰是愁鎖眉頭，她自己也不知道為什麼；偶陣雨是喜怒無常，為一點雞毛蒜皮的小事而耿耿於懷，鼻涕一把，淚一把；雷陣雨是一哭二鬧三上吊。

以現代家庭作比：夫婦恩愛，相敬如賓，謂之晴；夫有外遇，回到家中拉長驢臉，為之陰；太太為挽回丈夫的心，百方討好，謂之多雲；藉打罵子女出氣，謂之偶陣雨；吵鬧驚動四鄰不安，謂之雷陣雨。

以自然氣象與我們目前的政治氣象相比擬，更有許多絲絲扣合的地方，簡單地說：

晴是「日」、「青」的合體字，青天白日正是中華民國的國徽，在青天白日下，百物生焉，萬物育焉，臺灣建設的成果，有目共睹。現在政府正在大力推行六年建設，引起全世界注意，它只許成功，不許失敗。六年之後，我們將成超級化的現代國家，中華民國將擁有歷史性的晴天。

陰是晴的對稱詞，天氣陰沉沉的，白晝無日光，黑夜無星月，由於它顯現的是陰暗，人們常借陰謀、陰險、陰詐之陰，表示不光明的行徑。我們政治氣象中，正有一種陰氣，用各種陰暗手段，破壞晴朗的政治天空。

時多雲的政治氣象，是人造的雲片，它是政治天空那裡需要日光，它就製作一塊烏雲，不是「行到水窮處，坐看雲起時」，而是讓大家「摸黑」。僅以臺塑的六輕為例，廠址選到哪裡，烏雲罩到哪裡，一罩就是多年。

偶陣雨是號稱第一大反對黨的拿手好戲，從立法院到街頭，他們常以自製的人造雨「飛機」，突然來一陣暴雨，洪水大淹立法院議場，弄得人仰桌翻，街頭一片汪洋，行人被政治雨淋成落湯雞，敢怒而不敢言。

雷陣雨以所謂「九八」大遊行為例，「土獨」與「洋獨」合作，外加不受歡迎的美國人克拉克參加演說，訴求主題是一盒漿糊的：「公民直選，進聯合國。」當天，自然陣雨不停，遊行的卻投擲汽油彈代替雷聲。

國際政治氣象，從波斯灣戰爭到蘇俄政變，也是晴、陰、時多雲、偶陣雨，或雷陣雨。海峽兩岸已經有人指出臺獨是漢奸。我政府如不依法取締，等於姑息養奸。漢奸百般攪和，目的是不要「晴」。

立・力・利・理

我們的漢字，因為是單音符，它代表的事物沒有窮盡，而人能發出的聲音則有限，所以我們有一音多字的事實。有些同音或近音的，意義不同。如人、仁、認、忍，除了有「人即仁，仁即人」的說法外，認、忍各有所指。唯從人性言，仁、認、忍，亦有相通處。問題出在同音字意義大不相同者，如「公」卿的公與「工」人的工，象徵神的太陽的「陽」，竟和六畜之一的「羊」同名，文字學家可以用「音根」來解說，無法令人信服。

文字相關學術，一般人不感興趣，我也是搞不懂，談多了還會引起無聊的爭議。之所以提到一字多音，是對我們立法院的「立」字，有感而發，與純文字之學無關。

「立」字的同音字，有「以力服人者，霸」的「力」，有「己欲立而立人」的「立」，有「立德，立功，立言」的「立」，有「惡利口之覆邦家者」的「利」，有「分崩離析」的「離」，有魔鬼的「晉侯夢大厲」的「厲」，有「強詞奪理」的「理」。僅就力、利、理三種立法「流弊」而言，多年前轟動一時的「黃豆案」和「十信案」，即是例證，侵犯案者都鋃鐺入獄。

民主先進國家，利益團體與民意代表掛鉤，大都有所謂「陽光法案」，使遊說、政治獻金，公然在無可避免的事實下，被視為合情、合理、合法。哪有像我們青澀酸牙的一些立委，彼此攻訐對方金主，相互戳破你我財源，各運其力，各為其利，各說其理。而他們的怪力、邪利、亂理，雖是立委中的少數，選民辨識力差，把這筆壞帳記到整個立委頭上。金主們是保守性較強的中國商人，自己出了錢，又出了醜，自覺顏面盡失，有的已準備資金外移。這個由「立」字發揮的力、利、理效應，傷害的是國家社會。

人必自侮，而後人侮。少數立委，假選民之力，謀一己之財，講歪曲之理，已失去社會人士應有的敬重。前幾天海基會祕書長陳長文到立院報告，簽名為「社會人士」，有看重立法院意思，立法委員反認為「藐視國會」，引起軒然大波，輿論則讚揚陳氏之舉「大快人心」。鋼性的陳長文，寧折不屈，但為顧全大局，接受各方勸告，終於到立法院不認錯的「道歉」，令選民發笑。

金權政治是民主政治過渡期的症候群，我們搭上民主列車，對金權政治也只有醫療一途。漸漸地我們國會議士，能由有道德、有服務熱誠的有錢人出頭，那時節「立」字自然變成「為天地立心，為生民立命」的立、力、利、理，就轉化成「為萬世開太平」。

「立」要立到寬展平正處，不能走窄路。我借一代畫家劉延濤先生一幅山水畫的題辭：「窄處激流寬處平，激流湉湉寬無聲。我知何以安天下，兩字寬平萬世經。」以勉立委諸公。

見利忘義

我們社會有許多暗蠹，腐蝕老本。臺北市這兩三年，發生教師提前退休風暴。據教育局官員推算，已退休了兩千六百多名，早退潮五年內不會減緩。太陽那麼大一個光團，還出現所謂黑洞，退休黑洞何足道哉！

國中、國小老師，領月退金的，大概由三萬五到四萬元左右，他們轉私校任教，合計每月有七八萬收入。既不偷，又不搶，還能促進新陳代謝。理論上說，提前退休，應受鼓勵；但是，換一副平光眼鏡來看，他們打金錢上的算盤不只見異思遷，而且有點見利忘義了。

我們準備八十三年實施全民健康保險。國人對社會福利意義不甚瞭解，誤認它是一種權利，不知它還有義務。農保連年政府賠了一百多億，被保人毫不知悉健保是個互助事業。行政院郝院長日前指示，為全民健保綢繆，研究先訂不分農勞保的綜合健保條例，可謂對症下藥。

公保與勞保施行較早，政府為它受到責難，不是官員所能想像的。我在私立大學教書，有些學生不滿政府，常和反政府的社會人士或激進教師，一同做反政府活動。我勸告他們，學生以求知為主。他們有些聲淚俱下地說：「同學們有好多人家長，看病不付錢。我爸爸賣了擔擔麵攤子治病，全家生活憑藉沒有了。我父親洗腎，洗得我母親出售陪嫁樓房，父親還是死了。母親給人家燒飯，一定要我念大學。」我說：「社會進步是由無到有，由小到大，由部分到全體，它是漸進的，過渡時間的不幸者，值得同情。」

儒家的政治思想中有：「不患寡，而患不均；不患貧，而患不安。」臺灣經驗裡，有過寡與貧的歷程。我們的民生主義，摻和著三十年前正流行的凱因斯經濟理論，寡變多，貧變富，使得我們有能力計畫全民健保。

富不一定是福，有錢卻足以養福。但「福兮禍所倚」，福禍相連。國校教員的提前退休潮，目的放在錢上，我不免在「不患寡，而患不均；不患貧，而患不安」之後，補上一句：「不患富，而患不廉。」廉是廉潔，退休拿終身俸，再到私校拿全薪，乃變相貪污也。

國人喜歡佔便宜，小病要到大醫院去，寧肯忍受所謂「三長兩短」之苦，不花錢就好。主管當局曾一度堅決要施行轉診制度，幾家大型的教學醫院，群起反對。一旦全民健保開始，應該強制轉診，訂定法律，以免大醫院成為健保吸血蟲，投保人不自覺吃虧。

現代化的福利事業，除了健康保險，還有失業保險，有些國家已賠累不堪，賠累的錢要後代子孫負擔，經辦單位只是轉帳而已。我們發健保財的人，別太自私。

任重道遠

中央研究院吳大猷院長，年進耄耋，精神健旺，最近有大陸之行，仍充滿「士不可以不弘毅，任重而道遠」的氣派，髮白如霜，桃李遍天下。他的高足李政道，曾獲諾貝爾物理學獎，學術身價不凡。此次大陸之行，李政道經常替老師推輪椅，尊師重道，今日非常難得。

吳院長大陸歸來，新聞記者問他：「兩岸的科學研究與成就，請院長做個比較如何？」他說：「這好比你問北京的小姐漂亮？還是臺北的小姐漂亮？不好答覆。」吳院長極富幽默感。有一回，他嘲笑過於相信統計的人，故事是：一位須開刀的病人，問主治大夫說，這種病開刀的死亡率，大夫說：「據統計只有百分之二。」病人問：「你開了幾個？」大夫說：「我開的不到五十個，已經有一個失敗了。」病人說：「既然失敗過一次，那我在以後的平安率以內，我放心了，請你開吧。」這個寓言式的笑話，我是經由黃季陸轉述給我的。我不認識吳大猷，沒有機會當面請他說這個笑話的涵義。

來訪的大陸幾位科學家，不長於吳院長的「外交辭令」，北京小姐和臺北小姐誰美，他不好品評。大陸科學家說：「實用科學，這邊超前；基礎科學，比想像好。」我曾看過由新加坡轉折而來的中共密件，內容的大要是：我們打定江山，究竟是要先富民呢？還是先強國？多次討論，還是以強國為「國策」。搞出世界聞名的「寧要原子，不要褲子」的奇聞，人民吃大鍋飯，面有菜色。我原以為中華民族經過中共的大換血，氣質一新，想不回大陸探親的人，沒有不感到大陸同胞貪婪之心無窮。大家不能怪親友，因是窮了幾十年，見錢眼紅。來訪幾位科學家，批評我們基礎科學不如想像的差，他們不知道我們是要褲子穿的。

大陸來臺訪問的科學家，臨別的座談會中，李存浩以唐人王昌齡詩：「塞雨連江夜入吳，平（誤為「黎」）明送客楚山孤。洛陽親友如相問，一片冰心在玉壺。」李存浩解釋說：「兩岸情誼都是一片冰心，而玉壺就是我們的祖國。」王昌齡的一片冰心在玉壺，表示他近年心情冷漠，像一片冰放在玉壺內，冷中加冷，就是涼透了。拿這句詩比兩岸今天學術交流的熱絡，全不相符。他不知道臺灣的實用科學，產生一種「笛壺」，壺中水燒滾了，壺蓋上的「笛」子叫聲出警報。如果把王昌齡句子改為「一片冰水響笛壺」，便合兩岸實情了。

盧良恕說于右任臨終時交代：「長劍一杯酒，高樓萬里心。」其實不然，于老來臺後經常給人寫：「風雨一杯酒，江山萬里心。」臨終交代的則是：「葬我於高山之上兮，望我故鄉。」所以，他葬在國家公園陽明山之頂。

至於沈君山所改朱子詩，遠不如送他們朱子〈論學詩〉：「舊學商量加邃密，新知涵養轉深沉。」

閃亮的生命

又有一位閃亮的生命。

《閃亮的生命》一書中，描述不少形態的殘障人士，刻苦中，自強不息，鼓起「天行建」的勇氣，使個人生命閃出亮光，它給很多殘障者以實例的見證，收到教育性的效用。今（八十）年的「十大傑出青年」高志明，以不良於行的小兒痲痺，考得律師資格，設事務所執行職務，可以說《閃亮的生命》又引發一位閃亮的生命。

高志明在十傑記者會上說，他當律師並不為賺錢，有錢而為非作歹的人，出再多的費用聘他做律師，他都不幹；但經濟貧困，受了冤屈的人，他情願義務打官司。他生命所閃的亮光，將為社會樹立新的人海燈塔。

我們社會現在有「三師」受大家批評：一為借濟世活人為名，百方剝削病人的醫師；二為專替大商家做假帳，以達節稅的會計師；三為鑽法律漏洞，有錢就能打贏官司的律師。高志明挽救窮人「曲死不告狀」的頹風，是一股正氣。他的合夥人賴彌鼎律師，一定是他的同志。

抗戰前，有位缺少胳膊的「萬能腳」，憑兩隻腳表演寫字、切菜、包餃子、玩球、耍劍、舞傘，大江南北走江湖，予一些殘障人更生的啟示。不幸引起江湖人士嫉妒，散布流言，說他是漢奸，只好隱居起來。我希望高志明律師，不要受到同行打擊而改變意志。

五十年代末期，患小兒麻痺症學業有成的許倬雲，在臺大教書，他出版一本談歷史的小冊子，出了紕漏，被胡秋原引經據典地指責，他悄悄赴美，早已成了名教授，閃亮的生命，或生命的閃亮，他還在表現中。

戰國時代，孫武的後人孫臏，被龐涓騙到魏國，砍掉他兩隻小腿，臉上也割得亂七八糟（古刑叫「臏足黥面」），要他見不得人，優異的滿腹兵學，無法閃亮。齊國使者到了魏國，把他載回，齊威王拜他為師。歷史上著名的馬陵之戰，孫臏萬弩齊發，魏國大敗，龐涓自殺。殘而不廢，有生命就足以閃出亮光，自古皆然。

以社會與人作比，我們今天的社會，稱得上殘障社會，政治漸漸民主化，許多人看不見，算睜眼瞎子。臺獨、臺建根本不可能，對岸吆喝動武而聽不到，豈不是聾子？要享用各種建設成果，阻撓設廠或施工，社會變成半身不遂，大家只有坐輪椅。以國家來說，體制是國家生命，健全的體制會閃亮，體制打破了，「一一九」斷線。

遊歷過大山的人，每每看到巖穴之下，生長出一株大樹，樹幹不向下垂，轉彎從穴沿向上發展。植物不會說話，或者它的語言人不瞭解，而它的向上伸延，應該是為了生命的閃亮。高志明律師在《閃亮的生命》一書外，又增加一位閃亮的生命，我為他祝福。

情的教育

貢寮反核血案發生後，內政部長吳伯雄呼籲：「沉默的大眾，該是開口的時候了！」他覺得極少數造反分子，經常擾亂社會秩序，阻撓公共建設，大多數人啞子吃黃連。

人是感情動物，怎樣挽救失去人「情」無所不反的一夥夥純動物性的人，我主張在教育上以「情」字來治療。從兒童時代，就明白什麼是情感、情愛、情義，特別是情理。所謂：「發乎情，止乎禮。」禮就是理，是制度，也是法律。不平則鳴，平則不鳴。民主自由時代，如果昧於情理，難免被有心人或野心家利用造「反」而鳴，「反」出毛病，自己犯法坐牢，甚至送命，讓漁翁得利。

今年是中華民國八十年大壽，國防部舉辦閱兵大典，展國力，現國威，既合情，又合理，竟然有人發起「反閱兵」行動。不談這項行動意義，單單這個史無前例的「反閱兵」名詞，富有創意，足夠列入金氏紀錄。

自幼學習明理通情，終生能「富貴不淫貧賤樂，男兒到此是豪雄」。華岡中文系早期畢業的楊國全同學，受到完美的家庭教育，尤其慈母諄諄以情理訓誨，他夫婦教書近二十年，也以「情」教導學生。我曾以嵌名的長短句寫給他，原句已記不準確，大意是：「『國』之干城，『全』以致勝，『楊』柳飄拂桃李風。仁胸五千年，愛心十萬程。昔日同山聽溪流，今天兩地看雲行。嘆人生，最難得的一個字：情！」記述他在教育陣地散播情懷。

「情」與「群己」，似是而非，群己需要考量，遇到一件大是大非的問題，要己所不欲，勿施於人，有所不得，反求諸己，有時還須以利害成敗做尺度。情則不然，它只講付出，正是我們俗說：「但問耕耘，不求收穫。」頗有宗教家味道。李國鼎先生倡導的第六倫「群己」關係，目的在截斷現在社會人的「你的是我的，我的也是我的」的自私自利心，而現實沉疴已深，效果很小。還是從教育上配合「情的教育」，才是治本之道。

現下愛的教育在幼稚教育中興起，它研究親子教育或親職教育，也全是父母子女的雙向軌道，缺乏施捨性的情的啟發。兒童教育學者，不要以為愛就是情，基督教的「神愛世人」，他是要人信仰他，死後得進天堂。情的顯現，如同胞之情，保國之情，則不要報酬。

我們社會有相當多的滿懷是恨的人，中央研究院吳大猷院長說，有些學者對政治一竅不通，批評這、批評那，他瞧不起這些人。他不知道這些人是「洩」恨。

警方破獲一宗一宗黑槍案，更有地下兵工廠，新聞說武器流入黑社會，據我看是隱藏在無情而打算造「反」的「白社會」裡。所以，以教育轉化我們為有情社會，刻不容緩。

命運握在你手裡

童年時期，混沌未開，對萬事萬物，都想追求瞭解，特別對卜卦的感到奇妙。家祖父上卿公不信這一套，不准孩子們和算命的接近。但偶爾有「賣當」江湖術士到村中來，我必然會花三五個銅板，請他教我一些訣竅。

例如看孕婦肚中的胎兒是男是女？算法是：「七七四十九，問娘何月有，除去母生年，外加一十九。」雙數是男，單數是女。我試著去算，有對的也有不對的，可見靠不住。再如看女人相貌：「刑夫顴骨高，剋夫額不平；欲知三度嫁，女做丈夫聲。」

相面術這種說法，顴骨高、額不平，正是今天女強人的特點，有什麼不好？至於女人談話的聲音如同男人，當今被讚美為有引人的磁性，不知道伊麗沙白泰勒是否丈夫聲？

祖父藏書中，有一本邵康節的《鐵板神數》，我暗暗地研究好久，才曉得第一句說對了父母的生肖，以下便全不會錯，他說我老運不好，六十二歲：「巖穴之下，指顧艱難。」六十三歲：「蘆花明月兩悠悠，一支漁燈古渡頭。」我只能活到六十四歲，它說：「八八卦中先算定，南柯一夢報君知。」八八是六十四歲，我已年進八十還沒有死。可見邵康節的《鐵板神數》和當前流行的「紫微斗數」，都是我們家鄉所謂的「賣當」，讓人甘心花錢「上當」。

老友李士英兄，在我國駐聯合國代表團顧問任內，曾蒐輯西洋人有關「手相學」書籍四五十本。他認為現代人，尤其是男人，被西裝革履，包裹得很緊，只有面部和兩手露在外面，而面部又有整容術，破壞真實面貌，唯獨手能夠看見，因而他寫了一本《命運握在你手裡》，圖文並茂，風行一時。他說手紋學是統計的結果，不能全信。

抗戰時在洛陽城北的沙溝躲警報，相識一位摸骨的瞎子吳大覺，他大學畢業，在上海四明銀行工作，因病失明，談吐不俗。有一天清晨，幾位朋友，陪同新策動反正的汪精衛逆軍軍長王仁杰，叩門求教。當王仁杰坐定請他摸時，他一口回絕，說：「這位先生已經魂不附體了，一個活死人，還摸什麼骨？」朋友中有洛陽行政專員李杏村，立刻面諭公安局長傅良弼，限兩天內將吳大覺驅逐出境。吳大覺被逐後，鄭洲傳來消息，王仁杰遊鳳凰臺，被衛士槍殺了。吳大覺之名，不脛而走，在西安紅得發紫。有人說他是汪精衛派到我後方的奸細，多方調查，苦無證據。

上海聞人杜月笙，抗戰末期有西安之旅，是胡宗南將軍的上賓。一天晚上閒聊，河南巨紳張鈁提議請吳大覺來替杜先生摸骨，座中客七分校音樂總教官吳造峨，立即問明住址去接。吳來後，先從杜的頭頂摸，大呼：「你是運籌帷幄之中，決勝千里之外大人物！」摸到膀上還說：「三軍營中發號令。」吳造峨藉奉茶之機，用腿向他示意，他喝了口茶，摸到手心，說：「你真奇怪，為何手中無印呢？」如果不轉這個彎，他就把杜月笙誤為胡宗南了。

命運握在你手裡，自求多福是上上策。

笑容掛著眼淚

我們轉型時期的社會形象上，許多面貌出現笑容掛著淚痕。是喜極而泣嗎？不是的：因為它笑容天真爛漫，淚痕則沉刻無奈。是泣笑皆非嗎？也不是的：因為笑容如微風拂面，淚痕則一抹千鈞。笑容與淚痕，都自發於情感徵候，它們同時呈顯得這麼不協調，令心理學家傻眼。

新語彙流行在名詞上加個「化」字，習見的政治化、國際化、自由化等，就目前說，它們都不免苦樂「化」合。最奧妙的是「情緒化」，化得惹禍招災。

大眾傳播媒體紛紛使用「情緒化」一詞，我不太懂它的涵義是什麼？情指情感、情意、情理。我們祖先老早知道人的浮面情狀，能分為喜、怒、哀、懼、愛、惡、慾七類，這種分法並不科學，表皮看到：喜形於色，怒目而視，哀傷憂戚，懼恐發慌，愛不釋手，惡厭拒絕，欲望懇切，就單線訂出純一情象。其實，每種情況發作，元素複雜。例如喜一美女，愛上了她，進而欲為己有，此一欲情，乃喜與愛混組形成的。混成的情，像一團亂絲，把它叫做情緒，是可以理解，也合乎邏輯。

時下不少人、物、事，逾越真理範疇：如大學生高唱環保重要，自己卻不願打掃校園髒亂；如住戶迫切需電，但反對住家附近修建變電所；如一些荒蕪地區，政府計畫開發，地方人士嚮往繁榮，偏偏阻撓建設。這都算情緒化嗎？任何反知識的行為，只能說是盲目衝動。衝動的人，對事物反應，不是不經過大腦思考，就是根本不具備思考條件。之所以有些政客，常以群眾「上街頭」，做爭權奪利的籌碼，而做別人成功祭品的盲目者，自己情腸隨別人起落，這也算情緒化嗎？

俗語所說的「鬧情緒」，乃是有情操修養的人一種被情緒困擾的心理現象。鬧情緒沒有年齡、地位、道德等限制：當情結糾纏時，七情彼此衝突矛盾，無法理出概念，寢饋難安，坐立不寧，甚至鑽入牛角尖；中外歷史上許多名人，為了情緒不能突破，誤用了情緒的正面燃燒力，步入自殺窄門，便是鬧情緒的慘果。這並非情緒化，而是缺乏「化情緒」的技巧。有情操的人士，能塑成情操典型，如政治情操、文學情操、宗教情操等，他們堅持情操凝固的理念，理念化為「道」才有以身殉道的壯烈犧牲。它不同於一朝之憤忘其身，或暴虎憑河死而無憾的匹夫之勇。因而鬧情緒與情緒化，是兩回事。

語彙有約定俗成的史實。例如：「風流」原是流風餘韻，所以「唯大英雄能本色，是真名士自風流」；今天它變成花花公子的代詞。「風化」乃風俗教化之意，今天卻把綠燈戶指為「風化區」。純直覺的盲目衝動，經媒體稱為「情緒化」，也可能約定俗成。我認為在尚未俗成之前，應該善加考慮。有人將直覺視為感性，事實上感性需要知性與理性配合，感性才有意義。當前許多盲目衝動鏡頭，背後藏有操縱的手，讓腦子不轉彎的參與者直覺盲動，如果能把「情緒化」，改為「直覺化」，比較恰當。

談到直覺化，媒體應先省察。遠的例子不必說，近如一位外國神父，在我國深入工運，有明顯違法證據，他被強制離境，新聞紛紛指責有關當局不講人權；等到學者專家道破我們是自主國家，媒體才見風轉舵，但已誤導一般直覺群眾的直覺反應。再如一位自己積壓案件幾百宗，使涉案人對司法不滿，他聲言改革司法，大炒新聞，媒體走半世紀前「有聞必錄」的舊路，連篇累牘做直覺傳播；到底是改革司法，還是破壞司法？天知道！

「民主化」正是我們笑容掛著淚痕的情況之一。民主必須按部就班循序而進，二次大戰後，殖民地普遍警覺，紛起獨立成國；有些由於三級跳，落得貧窮、飢餓、災害、疾病、動亂等，不斷侵襲，十足反映他們為民主付出越級的痛苦代價。民主自由化，模式不一，帝王思想早被丟到垃圾堆。今日仍有君主立憲的英國、日本等，人民生活相當幸福。國家建設趨向現代化，因國情而各有藍圖。我們國情處於史無前例的環境中，傳統與現代相互激盪，滋孕一股為反對而反對的渦流，舉凡國家社會大小事故，籠統唱反調，把公理、正義、良心、知識、道德，全視為糞土。孔子說：「惡紫之奪朱也，惡鄭聲之亂雅樂也，惡利口之覆邦家者！」「利口」的舊俗說是「硬嘴頭」，伶牙俐齒，能言善辯，顛倒是非，混淆黑白，也就是孔子罵子路瞎胡扯的「佞者」。我們當前的利口佞者，散布在你我周遭，他們大者興風作浪，小者趁火打劫。傳播媒體負有民主教化責任，媒體如果被這股渦流捲入漩浪裡，不能自拔，我們將出現一個「直覺時代」。

李登輝總統希望媒體自律，建立新聞倫理。我主張大專院校的新聞相關科系，增設「新聞倫理學」，加強道德義務思考的邏輯訓練，以人生行為價值，做主觀、客觀的精確判斷。在新聞資源分配日趨細密之下，新聞科系無力也不可能培養多元化的專業人才，勢須由其他科系出身者分別承擔。學新聞的人，要培養新聞分析、新聞切片的能力，在媒體中居於「預警」地位，每件主動或被動而來的新聞，能做背景思索，不誇大，不煽動，不扭曲，不受利用，不加渲染，不譁眾取寵，將企管科學伸延到新聞作業：總主筆、總編輯管政策，主編管技術；企管人員則管品質，從原料、成品到市場調查，都嚴密檢討，才足以免除直覺化（也就是大家所說的情緒化）危機。

世界上沒有一家傳播媒體沒有立場的。立場不能擺在手心上。天天暴露立場，不是得不到顧主，而是顧主群有限。大眾媒體與小眾媒體的區別在此。大凡激情化的媒體，心理不平衡；大眾知識增高後，火辣辣的產品，瞞不過冷靜靜的顧主。為了撫平我們社會上的脫序言行，促進現代化早日來臨，化直覺衝動為合情、合理、合法，傳播媒體有責任擦乾笑容上的淚痕。

輯三

只是凋零

釋「三慧」

我是一個酷愛中國傳統哲學的人，中國哲學母學的《周易》，精神建立在渾然一體的太極上，它能一體萬殊，又能萬殊一體，吻合人類基本生存、生命、生活的圓理。圓為圓通，物極必反，否極泰來。中國哲學理念，排斥絕對，西洋有唯物或唯心主義，中國則心物合一。

孔子說：「吾道一以貫之。」「一」字代表的就是滙通、滙合、滙流。苦瓜和尚《畫語錄》中，強調「一畫」是藝術哲學，正是「一」的奧祕。那麼，我的專欄名稱，何以不叫做「一慧集」，而命名為「三慧集」呢？

佛家有所謂「三慧」。第一是「聞」，依見聞經教而生的智慧。第二是「思」，依思維道理而生的智慧。第三是「修」，依修禪定而生的智慧。

聞與思算作散智，為發起修慧的「緣」，修屬於定智，有斷惑定理作用。

青原惟信曾經給三慧做過見證：他說：「老僧三十年前未參禪時，見山是山，見水是水。及至後來親見知識，有個入處，見山不是山，見水不是水。而今得個休歇處，依前見山只是山，見水只是水。」第一層來自聞，第二層來自思，第三層來自修。聞見的山水有限，思維的山水無窮，修得的山水，不定一形，千變萬化。

老禪入定的高境界，佛就是我，我就是佛。換言之，山水就是我，我就是山水。我寫雜文，論天下事物與人，聞思兩慧可求，修慧卻難如登天。因為套用佛家的話，人物事就是我，我就是人物事，自度我的聞思功夫，絕對辦不到。佛家的修，也含有修習的意思。我雖不能，然心嚮往之。所以，我還是以「三慧集」做欄名。

除了自勉之外，我更要求社會大眾，都能追求三慧。新時代帶給大眾太多不曾經驗過的玩意，從政治、文化到生活細節，令大眾莫名其妙的問題，不斷出現。聞，尤其是媒體的聞，傳播人根本連思的濾程也不經過，或者缺乏思的能力，往往給予大眾誤導，影響所及，社會上滋生無數直腸子的人，讓人類學家目瞪口呆。

新時代浪潮，有些近乎萬花筒。萬花筒要撥弄它，才使人眼花撩亂。我認為現代人，所走的時代隧道，上下左右都裝滿哈哈鏡，人不能不為活命而走動，一走動便從哈哈鏡中映出一個變形的自己。假若大眾忽視思與修的智慧培養，別說客觀的人物事辨識不清，進而連自我到底是怎樣一回事，也會悵然速去的。

對聯文學

中華民族由詩經、楚辭、漢賦、唐詩、宋詞、元曲，一脈流下；用文學人觀點看，我們可稱為詩的民族。中國的單音符文字，一字多義，一義多字，一音多字，一字多音；變化率高；經過無數人嘔心瀝血地經營，雕塑出傲視世界的文學之美。對聯文學，雖然是詩藝術的副產品，而其遊戲規則，把文學美焦縮成美中之美。

唐詩的格律，是聰明人給傻瓜設的陷阱。李白有全平詩，蘇東坡有全仄詩，皆能流傳不朽，證明他們沒有平仄的包袱。對聯風格獨樹，何必被格律套牢？有人要求做對聯，最好能上聯末一字是仄聲，下聯是平聲，我認為也不必要。國父孫中山先生的聯句：「革命尚未成功，同志仍須努力。」上下聯末句都屬仄聲，成功對努力，多麼神妙。

革命先進張默君女士，擅寫嵌名聯，她任考試委員，看不慣考院副院長作風，製作一聯：「『家』亡國破，『倫』常喪盡；『志』大才疏，『希』望全無。」羅副院長名家倫，號志希，鑲嵌自然，不用典，不切磋，達到高度笑果，諷誦一時。

求我的書法者，不少要我寫嵌名聯，每多即興應付。但遇到奇特名字或單名時，必須加以思索。例如，陳啟佑教授，在念博士之際，以「渡也」筆名寫詩，享譽詩壇。他鑽研古典文學，而致力新詩，「渡也」的筆名，又有東洋日本的淵源。我以他的筆名寫嵌名聯：「渡之西，渡之東，西東兩渡。也是今，也是古，今古一也。」單名更難，十年前中文系女生趙元，向我求嵌名聯，在教室立即寫：「趙錢孫李誰為首？元亨利貞我佔先！」急中生智，博得諸同學一陣掌聲。

對聯沒有模式，「對」的技巧，又是創作時腦閃擊的瞬間磨練。希望它在文學園地裡，能得到灌溉。

平仄之謎

拙作〈對聯文學〉發表後，汪夢湘兄指正說，「革命尚未成功，同志仍須努力」一聯，上聯末一字是平聲，雖不合一般習慣，但「功」字不是仄聲。這位用「東方望」做筆名的老兵朋友，一腔新潮流，滿胸舊傳統，謝謝他提醒我，可能有很多讀者，認為我錯了，謹提出解釋。

文中像「一字多音」這類話，都未舉證，限於字數，看來很武斷。我六歲念詩韻之前，早記熟「四聲訣」：「平聲平道莫低昂，上聲高呼猛烈強，去聲分明哀遠道，入聲短促急收藏。」而韻書平聲第一個「東」韻，其中功、公、工等，我覺得它是「短促急收藏」，不是平聲（讀者可以試試），加以韻部這個「通」那個，那個「轉」這個，通來轉去，種下我反平仄的因素。

啟蒙讀四書五經時，老師在不少字的四角上畫圈，圈在左下角唸平聲，左上角唸上聲，右上角唸去聲，右下角唸入聲，一字得讀四聲，更讓我對韻書不相信。七歲學寫詩，看鍾嶸《詩品》，他序內說：「至於平上去入，則余病未能。」大詩評家不懂四聲，我不同意，他只是瞧不起四聲而已。我十四歲改寫新詩，主因是反對平仄之學。

在中文系講舊詩，我告訴學生，文字聲韻學是學術的文化的研究領域之一，可以認真探討。文學創作，是另外一回事。中國語彙，除了雙聲疊韻或連綿詞之外，多有天然音階，如天地、上下、男女，鏗鏘活潑，何必為爭議頗多的平仄來斲喪自由意志？

已經有學者提出過，凡讀音能拉長的字是平聲，拉不長的是仄聲。我贊成這個說法。「功」字不能拉長，我判他為仄聲，大逆不道之處，請聲韻學家原諒。

方言文學

短短的半個世紀裡，中華民族在歷史的鐵翼下，無可奈何地做了兩次民族大揉合。第一次是對日抗戰，中國人從東海到南海的漫長邊沿，向國土的西南地帶轉進。第二次是赤禍橫流，中國人又大量渡過臺灣海峽，在國土的寶島上枕戈待旦。這種民族大揉合涵義很多，而語言藉機揉合，使語彙在動亂變化中，有了充足的研究題材。

語言是生活、生命、生存的必需品，在生息相關的緊密社會裡，語言發生的資訊作用最大。中華民族從夏商周時代的「語言異聲」開始，漸漸有了統一的文字來溝通，但方言卻在久久的封閉社會下，愈演愈多。每每一個城鎮，城東、城西語言不同，鎮南、鎮北音調相異。自從「國語」標示後，五花八門的地方語言，才一天比一天減少。

近讀《自立晚報》出版的向陽詩集《土地的歌》，是一本臺語的方言詩集。作者詩技巧、詩境界、詩精神，早有好評，它運用方言的手段，把胡適認為「方言文學是死文學」的說法，完全推翻。因為向陽除了臺語的特殊語彙外，關於轉音的中國傳統文字應用，並沒有用方言之音依聲寫國音的字，大家都能看得懂，為方言文學開創一條大道。

什麼是用方言之音寫方言文學？舉一首小詩為例：「隔壁的小姑娘／長得好漂亮／妳不要裝模作樣／妳的牽牛花／為什麼爬過我的牆／」把它改成臺語方音「格別厝笑蝸牛／興作錦水／力免假仙／里埃鉛紐灰／餵蝦米背鬼娃愛酒／」這就變成胡適所反對的死文學了。

向陽在《土地的歌》附有臺語注釋索引，替許多臺灣方言找到了根。其實，臺灣方言極大多數是古代漢語，臺灣語言一直保留它。像「黑白講」今語是「胡說八道」；胡轉音為黑，白轉音為八；我們曉得胡說八道就是黑說白道，一定會拍案驚奇。我所痛惜的是，目前我們的文字、聲韻、語言等學者，攏總不懂方言，由不懂而排斥，直接、間接做了民族文化的叛徒。

學術本土化

中央研究院第二十次院士會議閉幕後，院長吳大猷向媒體表示，大家抱怨不夠本土化，問題是國內大學和學術研究機構都不推薦學有專長的人士，其奈中研院何？

「學術本土化」這句話的意思，我不太懂，是學術一定要本土的？還是搞學術的一定要本土人士？比如，研究山地文化，不論向荷蘭、日本尋求資料，仍是本地化的學術研究。研究「經國號」飛機的，算不算本土文化學術？

陽明山中山樓落成不久，有一年教師節，老總統蔣公在該樓設宴招待全國優良教師代表，濟濟多士，融融其樂，蔣公並未講話，只一再舉杯敬酒。突然席間起立一位頭髮半白的老教授，大聲報告，他說：「我們學術教育界，來臺後依然有派別，大魚吃小魚，小魚吃蝦米（蔣公微笑），非常不公平，也在相互排斥下，影響學術進步。請總統指示有關當局，設法消除這種現象。」蔣公似乎不知所云，問了坐在他旁邊的齊如山，然後回答說：「你所說的學術派別，是在大陸時的情況，現在已經沒有了。」

這位報告的教授，含糊其詞，其實他所指，是中央研究院選院士不公平。中研院的院士，自成立以來，一直為北派學人所把持。所謂南北派，南派以中央大學為代表，北派以北京大學為代表。大家可以查一查歷屆所選院士名單，北京學人最多，南京學人掛零。來臺後，有一次一位南派學人當選院士，學界以為中研院門戶開放了。

張其昀可以說是南派學人的強人，有一次他競選院士，先登記人文組，後改為數理組，拉票時，他以為董作賓是我的河南同鄉，要我拉董院士這張票，我只好前往董先生家拜託。董鄉長滿口答應，這是一張鐵票，投票前一天，董鄉長還打電話叫我放心。想不到張其昀落選了。院士選舉有一項規定，在文化學術的發展上有功績的也可以當選。張其昀在教育部長內的建樹，足夠當選院士。他告訴我，他三十多歲，就出任中研院評議員，與院士無緣。

中研院平時在各大學及學術研究機構明查暗訪，有傑出之學者，即自動提名，與推薦並行。據我所知，很多博學多能的傑出人才，不以院士為光榮。例如擔任故宮博物院副院長多年的李霖燦教授，他是麼些文專家，大陸方面對這個地區的麼些族，當然也會有人研究，而能會像李霖燦那樣自己寫（其實是畫）和著色，編著厚厚的一冊《麼些文字典》，尚不可能。因為會寫（畫）的，不一定懂麼些文，懂麼些文的不一定會寫（畫）。所以，李霖燦到今天還是麼些文專家。不知道中研院有何感想？

幸而有個美國，替我們培養不少院士。越是這樣，所為本土化，就越沒希望了！

勤修辭書

假若我用現代的新名詞，寫一個現代化的中年富人生活情況：「空中巨無霸，地下千里馬。右手〇〇七，裝滿簽帳卡。左手傳真機，腰繫大哥大。吃遍麥當勞，希爾頓為家。玩影視歌星，揮棒全壘打。」每一句中的名詞，大家都能懂，明白這位富人，乘飛機，坐汽車……多麼闊綽。可是三五百年後，非經注解，讀者就不知所云。注解的憑藉，是正確的辭書，我們目下的辭書經營太差勁。

新名詞隨著時空變換，越來越多，它是必然現象，不管你喜不喜愛，只得接受。中華文化有吸收外來文化的雅量，營養自己，像胡床、胡琴、胡椒，零碎攝取，不是像中共全盤吞下馬列思想，招致空前國難。

我們有兩部像樣的辭書，即《辭源》與《辭海》，如能勤加修訂，一年或兩年增補一次，許多新興詞，漸次添加，既有益於學術，又能擴張銷路。它不需要自設編輯群，僅須少數蒐集資料人員，說明則以稿費求之專家。

老學究可能會反對這種做法，他們忘了中國文字本身就有變化。例如「然」字原意為「火燒」，「而」字原意為「鬍子」，「然而」乃「火燒鬍子」，老早便不是了。

新詞中最有名的，莫過於「臺灣經驗」。它該如何解釋？到今日還沒有看到簡單明確的說明，難道能讓它成口頭禪？我試著說，「臺灣經驗」是：「二次大戰英雄中華民族領袖蔣中正總統，民國三十九年起，先改造中國國民黨，再訓練精兵，不惜與中共一戰，同時以建設三民主義模範省為鵠的，終於達到民生利樂，經濟繁榮，步上民主大道，外匯存底世界第一。」這樣說明，掛一漏萬，我自己不滿意。竭誠乞求高明著筆。彼岸有人說臺灣經驗是國會爭吵打罵，投機分子猖獗，我們不能漠視。

新名詞不少利用舊詞，「四海」本是：「四海之內，皆兄弟也。」現在變為作風大方，出手不在乎。「小兒科」乃醫療類別名稱，現在變為「小氣鬼」。文藝作品中，已出現「他平時為人四海，這次有點小兒科了」的句子，若辭書不加新注，後人就百思不解。

立法院通過「選罷法」，有被稱「門檻條款的」，選民對它有丈二和尚摸不著頭腦之感。它是政黨得票數百分比的規定，何以來個新名詞？有位立法委員說它是：「大魚吃小魚，小魚吃蝦米。」更令人莫測高深。

正在臺灣高雄一帶流行的「登革熱」、視為絕症的「愛滋病」，辭書上都查不到，反而過時的「鼠疫」（黑死病）、「虎疫」（虎來拉），卻記載詳細。我建議常常修訂辭書，對社會大眾有益。例如股票的金錢遊戲，參與者能在辭書中通曉「多頭」、「空頭」、「套牢」是什麼，就不會有很多人傾家蕩產了。

自我與天地

拙著《自我與天地》，是李瑞騰博士整理原稿，擬了幾個書名，出版社發行人決定用「自我與天地」，很合乎我的人生觀，讀者可以從內容中領會。自我和天地，乃兩個詞彙，但也能化為「自我天地」而成一個詞彙。

自我只表示作者個人身心游蕩的骨幹所發生的真實自覺，始終貫穿，不易移動，跡近「我思故我在」。大哲學家程兆熊教授，看到《自我與天地》，它的內容以《病堤走筆》做主體，寫了一幅條山給我，條山的詩句：「玄玄玄德離言說，化化化機傳妙辭。病病病能無一病，臥佛臥禪已同堤。」指出新儒學的「毋我」義韻。

天地是我們中華民族崇拜的古老神明，我小時候讀過共和國文教科書，其中就有：「天地日月，父母男女。」後來洋人批評這樣深奧，兒童難懂，才改成：「大狗叫，小狗跳。」中國人心存天地，文天祥〈正氣歌〉，以「天地有正氣」開始，周興嗣〈千字文〉，以「天地玄黃」領頭，李白〈春夜宴桃李園序〉說「天地者萬物之逆旅」，蘇東坡〈赤壁賦〉說「天地之間物各有主」。天地是個獨立詞彙。

假若把自我和天地，連在一起，則自我跟天地合而為一，即自己的小世界，縱令也有自我活動範疇，必如井底之蛙，識見有限，或似莊子〈秋水篇〉，藉河神與海神對話，舉出許多自然觀點，予以解說，其間排斥自我的傷挫天地，認為視天地如稊米、視毫末如丘山，是一種可大可小的差數。孔子曰：「天無私覆，地無私載。」自我與天地串聯起來，割掉今天人心的私瘤自我，是一把利刃。

我很關心文化教育影響社會道德，由於臺獨鬧得國家擾攘不寧，搞高等教育的大學，大唱學術自由、思想獨立，誤認這種自由及獨立，能澀巴巴地撲向社會，像所謂「小蜜蜂」，法律可以不究他們，但校規還存在嗎？這樣的學術和思想，把自我天地發揮到極致。

民國五十七年四月，《陽明》雜誌二十九期，臺灣大學教授著名政治學家黃祝貴一篇題目叫〈來來來，來臺大。去去去，去美國〉的專文，責斥青年蜂擁臺大，以臺大做橋樑，競相赴美，變成中國外國人，忘卻自我民族。文章發表，轟動一時，臺大人不以為侮辱學術尊嚴，沒有反彈抗議、聲明、靜坐等事件發生，倒是紛紛稱讚黃教授實話實說，收到自我與天地凝結的反省好果。

六十年代美國學生受共產黨同路人及野心家玩弄，掀起大規模反越戰運動，警察不能制服，政府調派大批國民兵進入校園鎮壓捕人，平息內亂，到今天還沒有聽說美國訂立什麼校園法。我們現在的大學師生，應該擦亮近視眼鏡，從自我看天地。人必自侮也，而後人侮之。

不虞之譽

孫觀漢博士最近一再催我舉辦個人書法展覽會，雖然他不曾說明為什麼，由於他主張出售，我想他必然是要我準備死後的喪葬費。老友愛我之情，非常感激。

朋友們都不知道，我在華岡教書法多年，還沒塑成個人風格之前，轉型期所寫的根本難以入目，但也有收藏者，收做比較。我在政論家丁中江府上，看到于右老練「夔」字，寫了近三十個不同模樣，仍不滿意。我的書法至我病倒為止，一直在練習中，甚至模仿自己，例如虎、佛、龍等字，不脫自己窠臼，現在仍保存著。

前幾天華岡德文系畢業的戴麗卿小姐，由德回臺，在我病榻旁，展示她在科隆大學花費五年工夫，完成〈獨廬老人史紫忱書法研究〉，通過碩士學位，今年十月起，她擔任研究助理。回臺灣蒐集于右老資料，要寫〈太平老人于右任書法研究〉，我吩咐她去請教劉延濤先生。她立志以研究于右任書法，取得博士學位。

書法在我們中國人看它是藝術中的藝術，就世界說，只有中國文字衍生的書法藝術，能夠懸掛在藝術館被人欣賞。華岡改制為大學的第一任校長潘維和博士上任之初，曾去歐美考察大學教育，他到馳名歐洲的荷蘭萊頓漢學院，由該院圖書館長馬大任陪他參觀一間布置有我的不少書法，叫做「史壁」，他立在壁旁留影，回校贈送給我，我怎樣想都想不起是誰託我寫的。

為求書法再美化，也迎接彩色時代的來臨，我用國畫顏料，試寫彩色書法，在國內曾起批評，認為書法是黑白藝術，不可彩色化。我希望的彩色書法乃一筆之內七彩繽紛，可惜我不會調色。老友姚夢谷兄，曾親自上山，指導我學調色技巧。而他調的多為單色，不合我的要求。顏色調和不是憑我說到就能做到，於是放棄了它。

後來，羅錦堂博士自夏威夷大學來函說，他的同事馬羅素博士（Russel Mceleod）經常向學生介紹我的彩色書法，盼望我寫一個彩色字給馬博士，我覺得這是「不虞之譽」，寫「山風」兩字以報。彩色書法無損於書法本質，中美斷交的末任美國駐華大使安克志的公子安拙廬，跟我學書法兩年，沉醉於彩色書法，因為他會畫畫，寫的接近理想。

我的書法沒寫成功，主要是我個人劃地為牢，堅持：「書法筆畫變無窮，方圓直曲兼蛇行；濃淡焦枯黑色妍，猶有飛白似神龍。」我這個書訣要表現一個字內，很難。

不過，學習書法，我深解明末清初的書家傅山（青主）論書：「寧拙勿巧，寧醜勿妍，寧支離勿輕滑，寧真率勿安排。」孫觀漢博士為我張羅開書展，須知我把傅山的「書學」當作「人學」。

懷念李蕤

李蕤何許人也？我為什麼懷念他？

李蕤本名趙悔深，是三十年代著名的小說作家，因為作品常在《大公報・文藝》發表，於是知名度很高。

大陸出版的幾種作家名錄中，找不到李蕤。韓戰期間，我在陽明山莊看到《人民日報》刊有李蕤寫的整版戰地報導，我憂心他不幸做了「抗美援朝」的炮灰。

但願我的憂心是多餘的。大陸熱潮未退，大家認為大陸出版的現代文學作家名錄，相當完整可靠。其實不然，比如詩人名錄中就缺少馮玉祥。馮玉祥曾擔任重慶時代的「中國文藝獎助會」主委，一介武夫，憑什麼負擔這份工作？由於他也寫詩。當時詩人徐玉諾在《掃蕩報》刊登〈半封信〉，馮玉祥核發獎助金法幣五千元，交《掃蕩報》總主筆李士英收轉。李是徐玉諾的學生，詩名「了人」，來臺後曾任監察院祕書長及駐聯合國顧問等職，現住臺北新店，可以查證。拙作《愛是一只悶葫蘆》裡，曾錄馮玉祥詩一首。大陸編名錄的人，不懂名錄是史學支流，必須發掘資料，不能吃現成的。李蕤的

「佚」名，應做如是觀。

李蕤寫作題材廣泛，農村風光，都市情景，社會動態，無不以細膩筆觸，刻畫入微；特別是故事平凡，而配以奇異情節，與新穎語言，造成他獨立的風格。

他不知得罪了誰，連續向情治機關揑造事實，誣控他是共產黨。有一次在洛陽被捕，承辦人王虹光，看到案卷中有我保釋過的文件，便找我談及李蕤案情的嚴重性，我說：「你王虹光是共產黨自首的，難道你放棄共產黨能夠感化的路子嗎？這次仍然交我保，出問題，我完全負責。」李蕤又恢復自由。其實，李蕤和共產黨沾不上邊。

抗戰勝利後，復旦新聞系同學以郭海長（勞改多年，現任河南政協祕書長）為社長，在開封創辦《中國時報》，李蕤受聘為主筆。民國三十六年六月二日，由中央主持逮捕潛伏在文化界的匪諜，全國性的名單，是中央經過詳細調查，發交河南的名單並無李蕤，卻被執行單位把他補入，他又被捕了。這次我主動出面，又把他保出來。

「六二」事件過了兩三個月，李蕤帶著老婆、孩子找我，滿懷悲傷地說：「我對不起你，我要去幹共產黨了。」問他：「如何幹？」他說是蕭乾介紹的。從口袋中掏出蕭乾給他的信，只是說在天津給他謀得一份待遇頗好的工作。我說：「你太天真了，蕭乾怎麼會是共產黨？你換個工作環境，我祝福你，但請走後不要和任何老朋友聯絡，以免暴露去處。」

大陸赤化前，名小說家沒有出過單行本的，李蕤是唯一的一位。蕭乾與他有相當友誼，應該設法替他出一本小說集。如果李蕤還健在人間，怎麼會無聲無息呢？

懷念老歌

臺北市社會局長白秀雄，關心老人福利，限於經費，做的效果不夠理想。他懂得老人心理中的懷舊一環，所以北市的「長青學苑」設有「國劇」一科，參加的老人，不但每週練唱腔、學身段，而且還粉墨登場，演出過癮。

前幾天社會局的「銀髮藝術大學」學員，假國家劇院演唱「懷念老歌」，頗獲社會讚許。現代老年人，心靈寂寞，經常咀嚼往事回味，懷念老歌。每當遐思冥想，精神很痛苦，但能默默地唱幾句老歌，能止痛化苦。

前故宮博物院副院長莊慕老，逝世後，他的公子莊申曾在《聯副》發表一篇紀念他的文章，提到慕老晚年時，不斷唱一首老歌：〈可憐的秋香〉——

暖和的太陽；太陽，太陽，太陽它記得，照過金姐的臉，照過銀姐的衣裳，也照過幼年時候的秋香。秋香。秋香，你的媽媽呢？你的爸爸呢？他呀，每天只在草場上，牧羊，牧羊；牧喔羊，牧羊。道來道，拉米稍，米稍拉道稍，可憐的秋香。

這首老歌，莊中抄的有錯，我記的也可能有誤。音樂學家李永剛（旅美學人李歐梵的父親），是我的小同學，他去年八十歲，和我是河南第一師範同學。那時節正是上海黎明暉、黎錦輝父女所組織的「梅花歌舞團」，做全國巡迴演出，黎明暉的傑構《麻雀和小孩》、《葡萄仙子》等，正風靡全國。永剛兄是念三系的。河南第一師範分三個系，一系是文科，二系是理科，三系是藝術科。藝術包括音樂、繪畫的理論研究與表現技巧，如〈可憐的秋香〉這類流行舞蹈歌，他一定記得。今年元宵節他還上山看我，我早打算問他一下；病中記憶差，又忘記求證了。

華岡音樂系一位同學，有大陸編印的《中國音樂辭典》，他借給我看，查到「梅花歌舞團」。但查到《麻雀和小孩》，很驚異這齣以表現母女之情及人類之愛的歌舞劇，被刪掉了十分之九，凡是溫情、愛情、人情的有關詞句，一概勾銷。乍看，以為它錯漏了，稍加思索，原是中共意識形態作怪。中共竄改歷史，揑造歷史，像八年抗戰功績，都寫到它的名下，虛張聲勢，為糞土之牆著色，欺騙後人。可是經過抗戰還活著的人，心知肚明，玩弄不了。小小的歌詞，能造什麼反，也值得「開刀」嗎？

老歌的藝術價值及社會教育功能，不是我們目前一般流行歌曲所能比擬。臺北市社會局有財力，又有一夥喜愛老歌的銀髮族，何不編一冊「老歌選輯」，從民國初年起，到大陸淪陷止，如王人美唱的〈漁光曲〉，都可以選入。華岡史學系三年級的林世榮，蒐集很多老歌，多為抗戰前後的，我正鼓勵他寫「現代音樂史」，因為禮、樂、射、御、書、數六藝，是我國的教育傳統。

只是凋零

美學家桑塔耶那的名著「美感」（有中譯本）內有一節談美是民主的，大意是說美與不美，無法使人人感受相同，它是取決於欣賞者的多數，難以統一。

我給美下個定義：美是人類網狀認知的非邏輯感受。意思是美由人類四面八方集結來的認知，主觀的決定美不美。它不合邏輯，今天覺得美，明天又認為不美。所以我反對定義，尤其審美含有情緒因素。

現代的各種評審，不知是什麼人、什麼朝代興起。我們的「君子無所爭，必也射乎」，和羅馬的古競技場，一定有裁判式的評審員，在這之前，猶待考證。

中華民國全國美術展覽，在臺灣恢復舉辦以來，我和王壯為、李超哉等三人，每次都是評審書法的委員。上次主辦單位國立臺灣藝術教育館，仍沿例聘我為評審，我實在動作不便，步履維艱，打電話告訴張俊傑館長，我不能效命，並致歉意。張館長在電話中大呼「糟了」，他說王壯為及李超哉兩先生也病了，張館長不得不匆忙的重新安排，新委員中除了陳其銓兄，我都不認識。

上上次的評審，我們三個老人之外，增加臺靜農與陳其銓，我和臺靜老在中山學術獎評書法相識，雖然以前有魚雁往還，從未見面。這回是熟朋友了，我奉上一支「三五」牌香菸給他，他順手接著，從西裝褲的口袋中取出打火機燃吸，我說你老前些時打發一個學生上山，要我給他寫幾個字，他說你老已經戒菸了。「不錯，戒菸太容易啦，我已經戒過幾十次了。」靜老中氣十足，聲如洪鐘，一本正經的說，我和王壯老等聽了，都笑得前仰後合。

那一次李超哉紅光滿面，精神飽滿。王壯為則拄著一根竹杖，手中拿著一個裝著酒的小葫蘆形的瓶子，一邊評審，一邊喝酒。我稱他下巴下的鬍子再長一點，就有飄飄欲仙的駕雲騰空之勢，他問我要不要喝他的酒？我說我是吃菸不吃茶，吃肉不吃酒。他說那怎像個文人？

王壯為人如其名，看起來很強壯，有一次他拉起褲子，給我看他右腿膝蓋圍了一條小毛巾，他說這是病，是嚴重的風濕病。我拉起兩條褲腿，讓他仔細看，我的右腿似乎瘦些，這是「老兒麻痺症」。他說你走路不疼，還是抗日受傷的後遺症，那有老兒痳痺症這個病名？

我倒在病榻快兩年了，知道李超哉中風了，自稱「半殘老人」，《聯合副刊》去年發表他的名家小品，竟然一萬元都難賣出，足見我們的書法收藏家，不懂得收藏意義。

王壯老真不幸，他得了很難治的一種病，他今年八十五歲，他的學生舉行書法展，替他祝壽。我希望壯老能老而彌堅，人的形骸生命，即令是木乃伊也會腐朽，壯老在書法的成就，是抽象生命，永遠活著。

文化大國

我們在退出聯合國時際，黃少谷先生主張在變亂的世界黑暗夾縫中，我們要努力建設文化大國，因為我們的文化，生命力堅強，感染力濃厚，黃氏的呼籲，曾獲得廣泛的共鳴。老總統蔣公更解析中華固有文化是：倫理、民主、科學。文化復興會乃應運而生。

文化與文明兩詞，糾纏不清，歐洲的文藝復興，也可以叫做文化復興，如同亞里斯多德把希臘學術一概稱為哲學似的。林語堂把中國人的纏小腳、吃鴉片、留辮子，視為中華文化，它是文化生活面，怪不得他。

五十年代我們設有「文化局」，由學者型的王洪鈞出任局長，由於各方意見頗多，又不予配合，搞不出成績，致被撤銷。

報載成立十一年的行政院文化建設委員會將改為「文化部」，站在一個文化人的立場，很表歡迎。不過文建會的首任主委陳奇祿，較著重民俗文化，除了踢鍵子、放風箏之外，也曾勘定一些分類的古蹟，甚至為顏真卿等舉辦過國際性會議。陳奇祿唸書人氣味重，缺少現在新官僚的妥協、溝通等技術，勞而無功，只得摔掉「烏紗帽」。

現在行政院決定將文建會升格為「文化部」，顯示政府重視文化。而時代邁向多角度文化，還是有很多國家沒有文化部。我們臺灣，地區狹小，人口也不算多，中央組織不擴張，不免有頭重腳輕之嫌。「環保署」、「衛生署」、「警政署」甚至「農發會」、「公交會」，都有改「部」可能，一個大有為的政府，只要組織健全，彼此呼吸暢通，並不在乎虛胖。行政體質虛胖，須動相當手術，它不是江湖郎中的減肥藥物或器械所能或真或假奏效的。

當我們正要步入現代化國家之林，一定該樹立中華文化新榜樣。桃太郎、山姆叔、約翰牛的文化，只能作「李表哥」文化的部份營養。中華文化吸收外來文化力強，從周代就開始了。

果然文化部成立了，我們不得不預防泛文化的毒瘤，中山樓國「打」（大）文化，立法院的「國罵」（三字經）文化，特別是數典忘祖的文化，如何糾正改良？更希望文化部能出版像《文訊》一樣的雜誌，（合作也好），使它對華僑與大陸引起向心力。

書法展覽感

中國書法的買賣史，我沒有研究過，古人把書法贈送友好，是一種應酬的紀念作用。以常識看，在明朝就有了做書畫生意的。國劇《審頭刺湯》中，錦衣衛大臣陸炳辱罵湯琴：「……今日奉了天子令詔，前來審問人頭，你不過奉了那嚴大人（註：嚴嵩）的一句話，陪審人頭，怎麼又道人頭是真，又道人頭是假，真假無常，反覆難辨，竟在我錦衣衛大堂，擺來擺去，我又不買你的字畫呀。……」做書畫生意的，至少說在明朝已經開始了。

從清朝起，已經有了職業書畫家，大家熟知的「揚州八怪」，便是以賣書畫為主，而且訂有價格（文氣點說叫做筆潤），尤其鄭板橋還不賒不欠。演變到現代，任何生意均步向「推銷」的廣告境界，書畫生意也不例外。

藝術家或多或少，無不經過模仿，但模仿是手段，不是目的，是過程不是終站。如果模仿真的神形兩似，也只是替別人延長了藝術生命。顏真卿生在唐代，那時畫風是二王天下，他能由模仿而創造新體。我初學書時，啟蒙老師特別說，顏體是「黑豬」是

「乾屎橛」。殊不知顏體為書法革命。雖然他毀譽參半；自清朝錢南園大力提倡，民國的譚延闓又青出於藍，政府遷臺後，顏書滿街流。可見真正的藝術，硬捧捧不起，硬打也打不倒的。

我研究書法，它如瀚海，我只著重用筆及線條，實驗它一筆之內，能表現方、圓、直、曲、兼蛇行，再配以「飛白」（筆之抑揚變化，與東漢的飛白無關），增加活絡意。我有自知之明，別人說好，我認為是客氣，在鼓勵我；別人說壞，我覺得道不同不相為謀。

我年近八十，第一次也是最後一次辦書法展，不管別人怎樣批評，我不卑不亢，行遠必自邇，我卑個什麼？我無「各領風騷五百年」的野心，亢個什麼？此次展出之件，有〈獨廬銘〉，五尺宣紙對開，計六屏，文曰：

無數聖賢，立地頂天，到末路，長噓短歎。多少豪傑，俠肝義膽，臨窮途，拋甲棄劍。五霸強，七雄出，曇花一現。銅雀臺，阿房宮，烟銷雲散。我居獨廬，回歸自然。獨醉風月壺不開，廬清山水冷灶爨。樹間空空人，雲外囂囂漢。

臨場收藏家，紛紛說銘文悲觀。

劉禹錫的〈陋室銘〉，是他官場不得意，就文學說，陋室銘是他的情緒反刺之作，諸如：有鴻儒、無白丁、調琴、唸經，還以南陽孔明、西蜀子雲相比，這是失意自慰。

我的〈獨廬銘〉，則是人生磨去了我的滿腔熱血及渾身是膽。以蘇東坡的「客亦知夫水月乎」及歐陽修的「翁之好者山林也」打底子，配上孔子「有鄙夫問於我」，「空空如也。」和孟子的「人知之囂囂，人不知亦囂囂。」何況「獨」字為「蜀」「犬」的合體字，「蜀犬吠日」乃少見多怪也。

國蘭能修心養性

我們當前社會，有了舊文化與新時代斷線的缺口，脫序現象不一而足。偏激者迷信暴力或準暴力；保守者抱持思古幽情的鴕鳥心理；中庸者挾飄忽的游資作昏盹衝撞。一些帶有色眼鏡的知識份子，各說各話，有人認為動亂是民主過程的陣痛，漠視海峽對岸的統戰。有人認為投資公司以蜻蜓咬尾巴自吃自的方式騙人，也算經濟轉型模式。有人認為出入股市只有賺無有賠。在這些人的心目中，似乎我們社會人，個個都是上帝，都會自打天下，重新寫出一部新的「創世紀」來。

導正性靈

時代環境不同，我們不便用歷史或現實的任何例證作比，以一個有強敵虎視的孤島，靠出口作經濟壯大的本錢，不安的社會，如何能保住生產指數不斷成長？暴戾之氣夾雜非理性的許多矛盾事實，投資設廠銳減而競相做金錢激戰，工商業為何可免於覆船之虞？民主教育及經驗不夠，感性的要一躍登上民主殿堂，政治學上那裏會有這種神話？怎樣消除這些畸型怪象，讓國人從鬧烘烘的生活中，轉趨冷靜思考下，走自己應走的路，不爆燥、不取巧、不投機、不空想，實地追求幸福遠景？我覺得修心養性是第一課。

修心養性是培植國民氣質的要道，多年來教育領域不斷加強人文教育，而生活教育、家庭教育、社會教育等則予青年學生多方戕害，使學校教育效用跌到零點。有人大力提倡以書櫃代替酒櫃，事實上酒櫃風氣未歇，所謂書香滿堂的書櫃，早已流為庸俗的金錢財富的豪華裝飾之一。幸而有花市、插花、盆景等形成不成氣候的性靈享受，其間尤以養蘭風起，難能可貴。我感到轉移民族性情，大家既不能由「千卷書」紮根，如能從「一簾花」著手，未始不是一種方向。

中國人積幾千年的欣賞經驗，終於在花木中認定蘭、梅、竹、菊為「四君子」。君子的含義，和聖人、賢人、至人、大人等同意。梅花是我們的國花，宋代大文豪蘇東坡曾歌頌「梅」花：「怕愁貪睡獨開遲，自恐冰容不入時；故作小紅桃杏色，尚餘孤瘦雪霜姿。空心未有隨風態，酒暈無端上玉肌。詩老不知梅格在，但看綠葉與青枝。」唐代因罵武則天而出名的才子駱賓王，為「菊」而詠：「擢秀三秋晚，開芳十步中。分黃俱笑日，含翠共搖風。碎影涵流動，浮香隔岸通。金翹徒可汎，玉爵竟誰同？」詩聖杜甫寫「竹」：「綠竹半含籜，新梢纔出牆。色侵書帙脫，陰過酒樽涼。兩洗娟娟秀，風吹片片香。但令無剪伐，會見拂雲長。」他們把梅、菊、竹的心格、性格以及擬人化的人格，都肯定在高尚的生命價值裏。

蘭道與蘭德

唯獨蘭的傑出，猶有過之。大唐明君唐太宗曾為「蘭」寫詩：「春暉開禁苑，淑景媚蘭場。映庭含淺色，凝露泫浮光。日麗參差影，風轉輕重香。會須君子折，佩裏作芬芳。」他這首詩，讚美蘭的氣質，光耀了宮廷，也暉融了天下。最後兩句談到民族詩魂屈原與蘭共芬芳，流傳千古。唐太宗以帝王之尊，為什麼特別眷念屈原？我們知道屈原時代，正和我們今天的「新春秋戰國時代」相彷彿，人心浮動，倫理喪失，是非不明，弱肉強食，屈原以蘭的精神為自我寫照，不惜犧牲生命，勸告世人，以蘭道、蘭德挽救頹風。當舉國擾攘之際，企求藉蘭的清新洗滌人性的污點。

孔子也有此情懷，他週遊列國，仁道難展，面對隱谷幽蘭撫琴歌蘭，更是萬代絕唱。古聖先賢以及明君之所以推愛蘭性，目的在激發人們心平氣和的向上力，用意都深刻與遠大。

幽香蘭國

蘭、梅、竹、菊是近幾百年中國人心目中禮拜的人化偶像，我們不能在四君子內評論高下；可以斟酌的是，梅竹在家庭培養所耗的面積不是現代庭院能夠負擔的，菊的花色鮮麗，容易刺激人的情緒閃灼，最適合現代家庭培育的只有國蘭比較方便，何況蘭的品性優邁，兩千年前即被肯定，它是花王之王。

我渴望我們在臺灣的炎黃子孫，及時訓練出蘭的性格，讓西方人士心中的福爾摩薩，不只是花花世界的美麗島，而是青翠欲滴、幽香萬丈的蘭國。在國人普遍受到蘭的薰陶後，變化氣質，由低俗變文雅，由火爆變安定，彼此以平常心相待。中華民國景象將煥然一新，刻劃出「寧靜而致遠，澹泊以明志」的新社會。

目前星羅棋佈的蘭園，慢慢有計劃的擴充，把它作線和面的整合，也在蘭業推廣層面使蘭打入群眾，走向家庭。則青山常在、綠水長流的寶島，國蘭處處，蘭香處處，自家庭至社會一片蘭光，小者以蘭修心養性，大者以蘭增加財富，諸如綁架、搶劫、強暴、大家樂、炒游資等危機，自可消泯於無形。

歷史上的春天

今天是中華民國開國六十周年紀念日。依照我們十個天干與十二個地支的互相配合，由甲子到癸亥，要經過五次的反覆而循環的周轉，甲子纔會重現。中國人之所以重視六十，一方面因為六十是甲子的開頭，代表新生命的萌芽；一方面它在數字上超過一百的半數。

中華民國開國六十年之間，其可歌可泣的偉大事蹟，筆不勝舉。先有國父的十次革命，推翻專制，建立民國；繼有蔣總統的領導，獲得北伐、剿匪、抗戰等勝利。朱毛禍國，我們追隨總統，退守臺灣，厲兵秣馬、復興在望。儘管黎明之前，曙光仍然被陰霾的氣息所籠罩，而蓬萊寶島的四季如春，生氣勃勃，象徵著中華民族創造的中華民國，正步入一個燦爛光輝的歷史上的春天。

春華方盛日，甲子重開時。我們在慶祝中華民國開國六十周年之際，我要拿我個人「歷史上的春天」的歷史觀，來證明中華民國的國運，如日方升。

斯賓格列曾把歷史的形式分為青春、成長、成熟、腐化等階段。我認為歷史是擺在文化的輪子上前進的，他解截的四斷，正如同春、夏、秋、冬四季，也活像一個人的生存一樣。中華民族幾千年來，連續在春夏秋冬裏打轉，不怕朔風嚴寒及頂得住冰天雪地的英雄豪傑，史不絕書。能從冬天裏挖出春天的，太遠的史實不必提，中華民國的誕生，就是靠國父和總統的革命精神，從歷史的寒流中帶來的。

六十年代，是堅強的，光明的，開朗的，熱烈的，遠大的，充滿希望與成功的。例如：

漢朝開國六十年代，正是漢景帝時期，四海殷富，禮義倡興，乃大漢的盛世。當時雖有吳、楚、趙、膠西、膠東、菑川、濟南等七王，為封地問題，演出「七國之亂」，而國運昌隆，一舉擊平。

唐朝開國六十年代，正是唐高宗時期，出擊突厥，活捉車鼻可汗。伐西突厥，擒獲沙鉢羅可汗。征高麗，圍平壤。創盛唐之紀錄。

宋朝開國六十年代，正是宋真宗時期，契丹寇擾澶州，真宗親自帥兵抵抗，契丹請盟而退。

明朝開國六十年代，正是明宣宗時期，漢王高煦造反，宣宗親征，廢高煦作老百姓。景泰三年，宣帝巡視邊疆，曾大軍打敗烏梁海之敵於寬河。愛護農民，無微不至，常對群臣詠桑夷中詩，曰：「除禾日當午，汗滴地下土，須知盤中餐，粒粒皆辛苦。

這些隨手帶來的例子，可見我們歷史上開國六十年，其為歷史上的春天，獲得明證。西洋史中，這種例子也很多，我們不妨看一下美國：

美國在哥倫布登陸之後，一群一群英國人，法國人、德國人、蘇格蘭人、愛爾蘭人、荷蘭人、瑞士人、以及其他想把他們的習慣和傳統移植到新大陸的人，都遠涉大西洋，向那個一片草莽的野荒區域流進，這些人將各種文化融合在一起，終於在一七七六年七月一日，創下美國開國的紀念日。

一八三六年，美國邁向她的開國六十年代。當時，奴隸制度的爭辯，益趨激烈，北方的反奴隸情緒，非常兇猛，為美國革命一種支流的早先運動，引發有力的民主理想主義，以及對所有階級的社會平等具有新的關懷。如果說美國的南北戰爭是她強盛的基礎，而她開國六十年代裏的形勢，實為林肯和道格拉斯在一八五八年夏秋之間的七次辯論的原動力，也是查爾敦港大爆炸的導火線。所以我說美國開國六十年代，是她歷史上的春天。

有人批評斯賓格勒的《西方的沒落》一書，把歷史演活為有機體，說他是帝國主義或強權主義的史論家。其實不然，他所推斷的西方之沒落，正說明帝國主義或強權主義的發生，便是它們歷史結束的表徵。換言之，斯賓格列曾警告西方人士：共產鐵幕的現狀是一幕騙局。

大家常說，「歷史是一面鏡子」。我們從歷史上看，中華民國踏進六十年代，憑藉我們優良的文化傳統，依仗我們民族領袖蔣總統的領導，再加上歷史的因撓，以先天的不屈不素、愈挫愈奮的秉性，必能收復大陸，重光河山，給中華民國帶來春天，給中華民族史上帶來春天，同時也為人類歷史上寫下春天的樂章。

迎接雞年

天寒歲暮，時換節移，中華民國七十年（一九八一）歲次辛酉，屬雞。處此「風雨如晦，雞鳴不已。」的非常時代，預料國畫家必多應時之作。

我曾看到一幅雞畫上面的題詞：「爾有兩翼，胡不飛？爾有利嘴，胡不啄人？嗟爾宗祖，不自振奮，寄人籬下，淪為家禽，任人紅燒兮，任人清燉。」一片消極語彙。雖然作者心理間，可能因情緒反刺，以責備示激勵的手法呈顯，總難引發欣賞者「自強自立」的共鳴。

雞在我們古籍中出現很早。《論語》紀載子路遇到一位批評孔子「四體不勤，五穀不分」的老人，曾留宿子路，「殺雞為黍而食」。「周禮」春官職掌大祭祀之夜呼旦以警起百官者，叫做「雞人」。至於以雞入畫，距今四千年前的夏禹時、已經在有史可考的酒器「雞夷（彝）」上，繪鑄生動的雄雞。

盛唐之際，雞曾有過炫赫場面。明皇李隆基喜鬥雞游戲，於兩宮間設置雞坊，選六軍小兒五百名，訓練雄雞千數，唐人陳鴻有名的〈東城老父傳〉，描述賈氏小兒長於訓雞，得寵逾恒，時人除了羨慕有女當和楊玉環之外，又慨歎有子當如賈小兒。上有好者，下必有甚焉，鬥雞大風瀰漫，雞也身價百倍。其實，「鬥」字含有角力爭勝之義，鬥雞一詞換成現代說法，就是「賽雞」。

著有《讒書》的唐末諷刺家羅隱，有一篇傳世的〈養雞術〉，略謂：「狙氏父子養雞方法不同。狙父養的雞，冠距不舉，毛羽不彰，呆若木雞，但遇敵應戰，每晨啼叫，被稱為天雞。狙子養的雞，毛羽華麗，利嘴鋒爪，而毫無鬥志，懶於伺晨，虛有其表。」此文借題發揮，輕外形，重實際，正是我們當前畫家揣摸雞性的殷鑑。

殘唐莆田人徐寅，有〈詠雞詩〉：「名參十二宿。花入羽毛深。守信催朝日。能鳴送曉陰。峨冠裝瑞玉。利爪削黃金。徒有稻粱感。何由報德音。」蓋雞有五德，《韓詩外傳》指出五德是：「頭戴冠，文也。足搏距，武也。敵在前敢鬥，勇也。見食相呼，仁也。守夜不失時，信也。」如何發揚雞性？應從五德著眼。

雞畫上的題詞，沿用已久的有：「雄雞一唱天下白」，「雄風萬里」，「聞雞起舞」，以及「驚回茅店夢。喚起玉關情。」，「高膺峭峙。雙翅齊平。」等。希望明年的雞畫，使用我們在時代洪爐裏燃燒的語句，如「矢勤矢勇」，「必信必忠」，「仁者無敵」，「我武維揚」等。藝術是生活的產物，繪畫藝術也不例外。

春之歌謠

《詩經・魏風》有詩：「園有桃，其實之殽。心之憂矣，我歌且謠。」古人是把歌謠分開的；配合樂器的曲叫歌，徒然用口唱的叫謠。我記憶中的以下幾則有關春節的民謠，流行於潼關東西地帶。我幼年時常常空唱，但也聽過當地配三弦的「迷糊戲」，每加雜這些民謠演唱，所以我稱它們歌謠。

玩花燈

正月十五黑洞洞，沒有月亮滿天星。扁食（水餃）元宵一鍋蒸。樹梢不動颳怪風。兩個和尚來打架，撈住小辮使捶（拳）楞（打）。三個瞎子玩花燈，破口大罵燈不明。四個瘸子抬花轎，嘮嘮叨叨路不平。十個聾子點大炮，嘟嘟囔囔炮不靈。只有和尚不吭聲，打來打去沒輸贏。

比梳頭

正月裏來花丟丟，姑娘人家上山遊。高高山上一簍油，姐妹三個比梳頭：大姐梳的蟠龍簪；二姐梳的攀花樓；只有三姐不會梳，梳個獅子滾繡球，撩（拋）到當河（河中）裏，船不走，水不流，你看三姐羞不羞。

大年節

石凍臘月鵝毛雪，眼看又是大年節。小大姐，叫二姐，你拉風箱我打鐵；累死了咱倆也不歇。打下鐵，給咱爹，換成銀子大把捏；咱爹戴上烏紗帽，咱娘穿上金鳳靴。以後誰敢把咱當做鱉？

窩囊漢

正月完，二月半，光棍找個營生幹；先買簍，後買擔，景德鎮去販瓦罐。走石崖，沿石埝，瓦罐摔的稀糊爛。急急忙忙回家轉，老娘做好麥籽麵，吃了七桶八籠飯。吃的猛，冒（腹瀉）的鮮，冒出張家疙瘩黑龍潭；澆（灌溉）了三畝茄子二畝蒜，還有一畝韮菜沒澆遍。老娘罵我是個窩囊漢。

馬年與馬

民國七十九年（一九九〇），歲次庚午，是我們傳統的馬年，大家習慣以馬到成功、一馬當先、躍馬中原等成語，相互祝賀。十二生肖中的馬、牛、雞、狗、豬是六畜，乃農業時代主要結體因子；馬居冠軍，牠在中國人生活依據上，很早就扮演著重要腳色。

馬善奔馳，晝行千里日未落，夜走八百月猶明，所以他與生肖內另六位龍、蛇、猴、兔、鼠等精靈神異的首席之龍，常被並列；「但使龍城飛將在，不叫胡馬渡陰山」，龍城對胡馬；「開張天岸馬，奇逸人中龍」，把天與人、馬與龍等量齊觀。古人解釋生肖，眾說紛紜，我認為它是來自我們內外呼應、主客匯通、大小如一、吉凶協和的哲學理念；眾生眾相，相助相成。

近世發現恐龍，為早期動物之一，而中國人原本指稱的龍，卻是抽象的，易經說飛龍在天。馬則不然，牠活生生擺在眼前；儒家推崇牠善良，孔子云「驥不稱其力，稱其德也」。公孫龍有「白馬非馬」之辯。告子強調「白馬之白，猶白玉之白」。莊子主張自然統合，指出「萬物一馬也」。馬入學術論證，由來久矣。

詩經提到馬的句子雖多，但不曾像杜甫的〈房兵曹胡馬〉：「胡馬大宛名，鋒棱瘦骨成；竹批雙耳峻，風入四蹄輕；所向無空闊，真堪托死生。驍騰有如此，萬里可横行。」道破馬的形象英俊及人性。從杜甫的〈病馬〉看：「乘爾已久矣，天寒關塞深，塵中老盡力，歲晚病傷心；毛骨啟殊眾，馴良猶至今。物微意不淺，感動一沉吟。」這種濃厚的親切之情，比老朋友尤有過之。

英雄和美人常聯在一起，唯讀楚霸王項羽，被困在垓下時，英雄、美人、馬三者組合悲劇。項羽高歌：「力拔山兮氣蓋世，時不利兮騅不逝。騅不逝兮可奈何，虞兮虞兮奈若何！」配合四面楚歌，虞姬舞別，烏騅哀嘶；國劇〈霸王別姬〉以嗩吶代馬鳴，引人落淚。

老友葉醉白將軍，為天馬畫派開山師祖，去年來舍下聊天，我生肖屬虎，求他畫一幅「馬虎同棲圖」給我，他滿口應允，我立即擬妥長短句題辭，準備以「詩塘」形式自題：「將軍馬，傲今古；大潑墨，真功夫。春風上河圖，夏雨天鵝湖，秋陰桃花塢，冬晴交響曲。馬馬虎虎不容易，面對馬虎裝糊塗。在乎不在乎，不在乎在乎！」他後來覺得我不該消極，畫了一幅「鴻運當頭」給我賀年。

畫，除了指鹿為馬或木馬屠城記等惡作劇之外，逢到馬年，我們要注意莊子所說的言辟之馬。害馬咬糟、亂踢、脫隊、野蠻、專做分外乖事。莊子的原句是：「夫為天下者，亦奚以異乎木馬者哉？亦去其害馬而已矣！」

迎接猴年

中華民國八十一年（一九九二），歲次壬申，依十二生肖說，申屬猴，是個猴年。我國老古人，猿猴不分，現代動物學，狹義的像猩猩叫猿，廣義的猴也列入猿科。我今年的拜年卡，寫了李白兩句詩：「兩岸猿聲啼不住，輕舟已過萬重山」。李白這首七絕，前兩句是「朝辭白帝彩雲間，千里江陵一日還」，白帝在四川，江陵在湖北，應該走二天，他乘輕快的舟，只一天就結束行程，而且聽三峽兩岸的猴子不住的爭鳴，它是詩學上的誇大手法。

我用李白的詩句，是半象徵、半寫實的。寫詩難，解別人的詩更難。唐人盧延遜說詩：「莫話詩中事，詩中難更無；吟安一個字，撚斷幾莖鬚；險覓天應開，狂搜海亦枯。不同文賦易，為著者之乎。」李白的猿啼，有沒有「巴東三峽猿鳴悲，猿鳴三聲淚沾衣」之意？或「四溟波浩浩，一葦向空渡」的輕舟？很不易揣測。

今天的兩岸，指臺海兩岸，是寫實。輕舟指彼此的非官方接觸，是象徵。中共用西元紀年，仍然本著固有文化過猴年，據他們官方估計，大陸同胞認為猴聰明，今年出生娃兒，將達兩千四百萬名。臺灣是龍年出生率高，但猴已形成家庭寵物，雖然尚無正確數字，飼養戶一定很可觀。

民國四十幾年，我編《中國一周》，有一次總統蔣公在谷關休假，吃早點時翻閱《中國一周》，侍從攝影胡崇賢拍了一張照片給我，畫面上有蔣孝武牽著一隻猴子，我覺得不雅，請郎靜山先生用集錦方法，去掉猴子，作為封面。可見養猴風氣，已不自今日始。

彼岸領導階級，宛如「猴精」，而孫悟空在《西遊記》中是虛構。莊子齊物篇有個猴故事：大母猴給群猴分芋吃，說早晨三個，晚上四個，群猴不高興。又說早晨四個，晚上三個，群猴很喜歡。這個故事，表示名異實同。所謂「一國兩制」、「兩制一國」，正是名異實同。莊子諷刺的愚者昧於審辨，巧者工於說辭，中共乃愚而詐、巧而拙的「猴精」，猴年我們要用經濟之芋馴服他。

赤化以前，我們家鄉的春節（即過年），有遠方來的「耍猴子」的，耍者唱歌，猴子表演；我還記得的演唱是：（一）新媳婦，大姑娘，臙脂花粉噴噴香，可憐我猴子遊四方，栽個跟頭求個賞。啷里格啷里格啷。（二）老太爺、老太奶，子孫滿堂金滿懷，萬人傘，千頃牌，賞猴兒個小錢發大財。啷里格啷里格啷。（三）貧窮不是從天降，生鐵久煉也成鋼，有錢的捧錢場，沒錢的捧人場，不該讓猴兒兩眼淚汪汪。唧里格唧里格唧。——每演唱一段，猴子繞場收錢。

大陸同胞四十多年來，像猴子一樣被中共耍來耍去，希望今年猴年，我們輕舟載著民主自由，渡向彼岸，他們得能「近月星斗寒，始識天上路」。

賀年・臘月・灶神

每年陽曆十一月開始，就會陸續收到賀年卡。往往是外國的先到，他們不管信不信基督教，都用商人印妥的耶誕和新年同時賀的卡片。中國朋友在國內也這麼做，只是「東方有聖人焉，西方有聖人焉」，我覺得怪怪的。

柏楊和香華夫婦的賀年信很特殊，報告他倆一年的境遇，其中提到大陸同胞在他故鄉輝縣不聲不響給柏楊所立的塑像，又無緣無故的失蹤了。相隔四十多年，大陸人心大變。開封私立的翰園碑林，向我要書法，我兩年臥病，不能握管，寄去一冊《史紫忱書法》，請他們放大選用，回信說已選妥，即上石彫刻，將寄拓本給我。不料日前書畫家陳霖女士來談，她替我付了一百美元，刻碑一個，我覺得沒有意義，這件事也證明彼岸大變人心。

大陸上八九十歲的良善人民，仍保持禮義廉恥的固有道德。我的小同鄉張煉夫，世居三門峽上游的茅津渡南岸的會興鎮，抗戰期間他在西安經營紡織事業，供應西北軍需民用，為人慷慨好義，今日在臺的河南同鄉，就有不少人曾得他的幫助。他比我小一歲，收到他的賀猴年長信，一字一淚，不忍卒讀，他說死後將把遺體拋到渭河，讓它漂流到三門峽，看中流砥柱最後一眼。信中附書法一件，他抄錄唐人元稹的〈遣悲懷〉：「昔日戲言身後事，今朝都到眼前來。衣裳已施行看盡，針線猶存未忍開；尚想舊情憐婢僕，也曾因夢送錢財。明知人人有此恨，貧賤夫妻百事哀。」張煉夫是性情中人，他以元稹的詩自況，而他不知道我最怕讀這首詩，因為戳到我的痛處。但從煉夫兄的心理間，可以揣摩到老一代大陸同胞的思古幽情。

本文屬稿時，正是臘月初，臘是祭祀的名詞，在我國遠古就施行，夏代叫清祀，殷代叫嘉平，周代叫大蜡；冬至後獵禽獸以祭眾神。不過「民以食為天」，於是灶神在眾神中受重視，平時便供灶神於廚屋，「晨昏三叩首，早晚一爐香」，臘月二十三日祭灶，送灶神回天庭述職，普通的對聯是，「上天言好事，下界保平安」，也有酸兮兮的文人和灶神開玩笑，五代呂蒙正詩曰：「一碗清湯詩一篇，灶君今日上青天，玉皇若問人間事，唯道文章不值錢。」灶神上天一次，要花費七天時間，「二十三日去，初一五更來」，現代科技進步，如果他乘坐太空船，至多兩天可以完成任務，我希望他要求玉皇發展科技。

文友（記不清是否劉嘯月兄）曾杜撰一個笑話：灶神終年在廚屋，被煤煙熏得黑漆漆的，活像非洲黑人穿黑色衣裳。忽然來了一批穿雪白衣服的，玉皇大驚的問，你們是何方神聖？白衣灶神回報，屬下來自中國大陸，那裡鬧紅衛兵，百姓一窮二白，請吾皇援手。玉皇說，你們等著瞧，我會整肅他們。

輯四

大冰塊爆火花

談藝術批評

當前中國藝苑，缺乏建設性的真正藝評。

藝術批評能刺激藝術發展。真正的藝評家，既瞭解藝術的歷史變遷，又熟知藝術的今日形態，更測窺藝術的將來傾向。藝術評論家不必是藝術創作者，因為藝術創作者往往執著一隅而有偏見，會發生「東向而望，不見西牆」之障。獨立的藝評家，見解纔會超然。

一個沒有真正藝評的社會，偶有藝評出現，不外吹、捧、妒、罵等四途。吹是虛張聲勢，捧是以無為有，妒是忌人之長，罵是顛倒黑白。殊不知藝術之能不能立足，須靠藝術本身，提拔難以增其光彩，打擊無以損其毫毛。

明代的趙宧光，書法不隨俗流，一般效顰唐宋之士，不懂他以篆法揉合草筆的奧妙，對他百方嘲笑。他在《寒山帚談》內，紀載受譏景況：「有見作飛白者，曰：『像道士畫符』。有見作古文者，曰：『如武夫戈戟』。有見作小篆者，曰：『寫得太平』。」而趙氏特出新意的草篆，不唯傳世，且已形成中國國寶。正好應驗趙氏自己所說的：「譽人難，譭人亦不易。」

人間現在還沒有絕對的真理。任何見解，都可能間接說出事象，又直接破壞事理。物理學上的「熱則膨脹，冷則收縮」，不是定義；熱不膨脹、冷不收縮，纔是定義。藝術屬於心性表現，從有形的物質描繪，到無形的精神語言，其真理可謂「與天地參」。所以，健全的藝術評論，至少要把握相對的真理。

以中國書畫藝術說，它用筆的變化，佈局的詭譎，形式就五花八門。而氣韻的放射，境界的含蘊，內容又萬紫千紅。藝評家如果沒有豐富常識及哲學修養，尤其是責任感，他的發言，瞎子摸象，必致戕害藝術真理。

我們古代的山水畫，有以主峰屹立畫面正中者，有以主峰隱至畫面一側或一角者。習慣上把後者解釋為「殘山賸水」，以示河山破碎之痛。國立故宮博物院副院長李霖燦教授，另有見地，他認為山水的含而不露，是國畫技巧的一種進步。李氏言人之所未言，吻合我們有無相濟的藝術哲學。現代藝術論者，有鼓吹形式決定內容者，亦有鼓吹內容決定形式者，李霖燦教授的說法，就藝術論藝術，遞給大家一把開啟藝術之門的新鑰匙。

清朝乾隆進士趙甌北有詩曰：「隻眼須憑自主張，紛紛藝苑說雌黃；矮人看戲何曾見？都是隨人說短長！」兩三百年後重讀此詩，深覺其意義猶新。我們處此固有藝術盤根錯節時際，建全的藝評，應速建立。

國畫的透視

國畫創新，是個老課題。近來有人先後以創新作品公開展出，報紙上也熱烈介紹。原則上說，這些致力於國畫創新的人，不論是以意境為鵠的，在普通的畫面旁，題一個詩意深邃的句子，烘托出新意境。也不論是以古今時空的交匯為旨趣，讓羅衣綉鞋玉搔頭的嬌娘，和燙髮短袖長統靴的女郎共處。其創新的精神，都值得藝評家深切討論。

我個人覺得，國畫除非是模擬古人原作，至少在攝取景物方面不能再食古不化。比如畫陽明山，它的峰巒起伏，林木葱翠，花鳥穿插，溪流委婉，甚至洋房高聳，汽車騁馳，一一納入筆墨，這可以說是傳統風格，也可以說是現代情調，倘若在山巔的竹子湖增添渺渺炊烟，在山腳的淡水河點綴飄飄帆影，這幅畫的體系，便有些令人泣笑皆非了。

同樣的道理，穿著鳳冠霞披的新娘子，坐在流線型的汽車裏于歸，任憑畫家的線條、設色、布局多麼高尚，也許稱得起「脫鉤時代」的諷刺畫，它與國畫創新，似乎談不攏。我之所以不贊成在現時代的山水畫面，依然出現一二簑笠翁，便是執著於景物必須與時代相符的重要性。

國畫為中華藝術代表之一，含有極強固的中華文化精神。例如我們龍的神話，史不絕書，龍的繪畫，更從縴絲、壁飾、銅圖、舞藝等相得益彰。龍的意識，有民族傳統圍繞著，炎黃子孫將永遠保持一份龍的藝術。因而，像龍這類觀念性的國畫骨骼，我們要堅持下去。

國畫不講透視，就是我們所該堅持的。西洋人有些認為我們不懂透視，也有些認為我們由習慣養成。他們那裏曉得兩千多年前，國畫在萌芽期間，《墨子・經上》就說過：「景（影）之小大，說在杝（斜）缶（正）、遠近。」譯成現代口語，它說：「影有大小的不同，因為光線射到物體上面，由於斜的、正的、遠的、近的而顯出區別。」老實不客氣說，中國在上古便有了透視學說。

國畫為什麼不講透視？原因在中國人的藝術哲學，考究心物合一。國畫的作者，與物同流，與畫同在。欣賞者能站在畫裏欣賞，心與物交通，人與畫融滙。所以千仞高峰上可以清朗的畫一個飄然欲仙的人，萬里巨流中可以看到輕舟盪槳。中國人站到國畫中欣賞國畫，由於人（心）的活動關係，無法在一個點上作透視。國畫如果有了固定的透視表現，則只好用西洋人看畫的形式，站到畫外去品嘗了。

國畫的工具或線條等特質，都是外在的。只有不講透視的透視，是思想的，哲學的，內在的。這種獨立畫風，我們應該大力宣揚。藝術理論也有「勝者王侯敗者賊」的現象，理論戰勝了，不怕別人不臣服。

建立藝術哲學

「哲學」這個名詞，是從西洋移植來的；它的解釋很多，我認為它是學術上「追根究底」的一門學問。因為人類的知能限制，追根究底談何容易？西洋自希臘三哲以還，哲學本身愈發展愈糊塗，各守其根，各見其底，門派之多，見解之雜，直到今天，嚴格說，還莫名其妙。

但，哲學畢竟是一門學術，何況它尚有科學方法，誰也不能由於它翻雲覆雨，便否定了它的學術地位。

我們古代雖無哲學之名，卻有哲學之實。「易」學正是一部輝耀千古的大哲學。易經的形而上邏輯，在於「變」。如果將中華藝術論，以易學推衍，則「一體萬殊，萬殊一體」，就是藝術哲學。要一定找直接有關藝術哲學性的論據，那該是孔子的「繪事後素」了。

西方藝術哲學的分流，有所謂「美學」，我仍然可以搬出孟子的「充實之謂美」作先河。

令人憂心的是，中華藝術哲學，一直到今天，只有一堆一堆資料的顯示，沒有有組織的較完整的體系。而西方藝術哲學，不斷向我們挑戰。我們的藝術論者，只要涉及傳統的與現代的關聯問題，能堅持中華藝術哲學的人，非常稀少，甚至有人用外來理論，解剖我們的固有藝術，不惜使用浪漫主義、自然主義等名詞，企圖在古典美人西施的面龐上，塗一層蜜司佛陀，令人啼笑皆非。

無庸諱言，中華藝術哲學還未曾建立的今天，藝術理論頗多偏差。守舊者食古不化，非近溯明清，即遠追唐宋；時間倒流。崇洋者囫圇吞棗，非古典寫實，即新潮象徵；空間倒流。一般置身新舊錯綜之際的青年藝術工作者，面對衝突、矛盾的藝術哲學，莫知所從。

孟子當年批評昏憒的國君，曾說：「賢者以其昭昭，使人昭昭。今以其昏昏，使人昭昭。」他的意思是，古人拿自己明白的道理，叫別人也明白他的道理。今人卻拿自己不懂的道理，硬叫別人也明白他的道理。我願借這席話，奉勸當前許多「昏昏型」的藝術理論家反省。

辛酉開歲，萬象更新。中華藝壇，不論國畫或書法，希望在傳統中創新，在創新中自立。少數精通中西藝術理論的書畫家，更應以理論促進技巧，以技巧實踐理論；讓我們傳統藝術現代化（汲引營養），不讓傳統藝術現代化（失去自我），同時對那些以其昏昏，使人昏昏的藝術理論，明辨是非，進而建立純正的中華藝術哲學。

篆刻的新風

印信經過數千年演化而成的「篆刻學」，是中華學術裏一門很古老的學問。一般研究篆刻的人，大都上溯至殷周秦漢的遺蹟而已。其實，遙遠到新石期時代，我們已經發現的古器物上的難解圖案，既像文字，又像標誌，固然可以說它是原始社會民族的一種「圖騰」，但就作用看，它顯示的意義，是代表性的，是識別性的，由符號而帶來肯定，正與印信效用同等。

在鍾鼎上看到的印鑑，是範籌的，它當製模過程中，可以多次修改，一直修改到滿意為止。這和後人用刀刻的方法，截然不同。後人嚮往古代的印鑑，去仿刻它，如同用毛筆寫「毛公鼎」一樣，形成方式不同，效果自然有異。因此，我們在今天模仿秦璽漢印，充其量能發思古之幽情，若想求其範疇的神韻，絕對辦不到。

印信這項中華固有藝術，由於我們現在的法律、政令以及民間徵信，仍以它為憑證，所以它依舊屹立於雅俗共賞的不搖地位。問題在時代隨著科技進步，電刀刻印之風，蔚然而起。傳統篆刻家，對電刻頗持異議。我個人覺得，電刀只是工具，其為刀則一也。它和使用鋼筆、原子筆表現傳統書法形象，並不相同。倘能因勢利導，活其運用，電刀不難成為篆刻操作上的「利器」。

至於篆刻發展，熱望篆刻家不以保持傳統為已足。蓋傳統也者，恰似歷史運動場上的接力賽跑，拿到前人棒子，立刻沿著史線，奔向前程，它當然不是斷線風箏，隨風飄盪，但也不是前人種樹，後人乘涼。我們不必在篆刻新園地，鼓勵師承，像蘇天賜先生，他的治印之學，就是多讀、多刻，配合他的書畫根柢，無師自通。

篆刻既然是藝術，藝術以突破為第一義。我蒐集的今人印譜中，有兩顆為現代篆刻建立新形象：一是李大木先生的以畫筆入印，一是陳丹誠先生的以書筆入印。雖然有不少人的印作裏，偶有這兩種筆法，而氣度和韻味之間，畢竟不是他們兩位的風光。

李大木先生的用刀，宛如他的用筆，千變萬化，高深莫測，他刻的「千雲堂」，宏敞的堂屋，籠罩著層層的雲翳，構成絕妙的畫圖，匠心獨運，生面別開，殊為當代篆刻學樹立嶄新的里程碑。陳丹誠先生刻的「人壽」：「人」字筆劃疏，疏可走馬；「壽」字筆劃密，密不通風。而疏密對比，韻自天成。其剛柔相濟的文質交輝，縱橫捭闔的書法筆觸，在篆刻領域發出山雨欲來之風。學如積薪，後來居上，篆刻學在後浪推前浪的自然原則下，一面建設新理論，一面刻畫新面貌，纔能和書法、繪畫併駕齊驅。

六法新論

南齊的謝赫，傳世有繪畫六法：一曰：氣韻生動。二曰：骨法用筆。三曰：應物象形。四曰：隨類賦彩。五曰：經營位置。六曰：傳移模寫。

《中國人名大辭典》介紹謝赫說：「善貌人物，不須對看，祇一覽，便歸操筆，點刷精研，意存形似，目想毫髮，皆無遺失。有古畫品錄，分六品，以等差畫家優劣。」謝赫其人，不但是傑出的畫家，而且是傑出的畫論家。

由於謝赫對他的六法，沒有詳予解釋，因而後世藝術人，在運用他的六法作繪畫註腳時，各說各話，莫衷一是。更有不少人望文生義，直覺詮疏。到了現代，有人說：「傳移模寫」，就是模仿或寫生，根本不能列為一法，主張取銷這一法。有人說：「傳移模寫」是繪畫學習的第一梯次應該改在六法之首，排在最後是錯誤的。

我個人認為，謝赫既是畫家兼畫評家，又生活在南朝那樣的環境裏，他的藝術修養，當然也會像其他在文學與繪畫上許多垂名後世的人一樣，不管我們今天贊成他們的思想效果，而他思想的深度，確是顛覆不破的事實。因而我們研究謝赫六法，應該把他看作同時代產生的：文學上的《文心雕龍》，聲韻學上的「四聲譜」；發掘它的深度。

謝赫六法，如果照字面上講：氣韻生動，只是氣概韻味的生色變動。骨法用筆，只是使筆墨出現強勁。應物象形，只是照顧實體的固有態式。隨類賦彩，只是依循類型舖陳它的色彩。經營位置，只是考究布局的方法。傳移模寫，只是把具象傳達移植的模仿寫生。不能說這些說法不對，而是這些說法對南朝人的思想深度，太小看了。

既然到今天我們國畫家還奉六法為繪畫圭臬，而六法也真正是繪畫哲學。因而我願試試給它一些新解：氣韻生動，是指藝術本身的生命感。骨法用筆，是指筆墨的架構，歐陽修詩：「古來相馬不相皮，瘦馬雖瘦骨法奇。」奇字很重要。應物象形，是追求自然，但畫家自己就是自然。隨類賦彩，是以類為型，而彩則異；如墨竹、綠貓是也。經營位置，是藝術上的再表現，不能依樣葫蘆。傳移模寫，是江流天地外，山色有無中；是行到水窮處，坐看雲起時；是東澗水流西澗水，南山雲起北山雲；是中國美學上的變通。

我的新解，也是主觀的，不過我是從南朝藝術思想的深度去看。簡單的再說一次：氣韻生動指生命。骨法用筆為奇鋒。應物象形得自我。隨類賦彩講特性。經營位置再表現。傳移模寫求變通。

書法史上的謎

我們古代人做學術工作，缺乏嚴格的傳信傳疑精神，以致信史與疑史，糾纏不清。書法史上這種情形更多。流傳在書法史裏謎一樣的問題，一直解不開；到現在，大家乾脆以疑為信，沒有人再去解它。

書法史謎的形成，不外兩個原因：一個是後人相信訛傳，以訛傳訛，就把訛傳為謎底。一個是明明有謎底，後人沒有猜中，便把誤猜的作謎底。我們太服膺權威，古人的傳說，往往被視為權威。崇仰權威的人，膜拜權威，沾沾自喜，自己不用心思考，還不曉得自己不用心思考。我們想為書法史解謎，首先要大胆突破權威觀念。

書法史上問題最多的〈蘭亭序〉，宋代有桑世昌的〈蘭亭考〉，俞松的〈蘭亭續考〉；清代有翁方綱的〈蘇米齋蘭亭考〉。所謂「考」，必須考證、考對、考核、考究。他們考來考去，大都抄來抄去，很少做整理、分析、判斷、推理等工作。這些消化不良的著錄，我們可以借重它的資料，用新的科學方法，重新予以研究。歷史說明，王羲之的書法，經過梁武帝蕭衍、唐太宗李世民、宋太宗趙光義、清高宗弘曆等帝王的推崇，王羲之被神化，他的蘭亭也有了神話。大家現在只相信唐代何延之〈蘭亭記〉所說，唐太宗派御史蕭翼，從永欣寺和尚辯才處，用詐術騙得蘭亭。何延之這篇記，寫在唐玄宗李隆基開元二年（甲寅，七一四）距離唐太宗得到蘭亭的唐初，將近一百年；所記故事，係永欣寺和尚元素講的；其間經過，又沒有確切時間。這篇記可以說是疑史。唐代劉餗的〈傳記〉，既說出蘭亭流傳始末，又指明蘭亭在唐太宗任秦王時，即由歐陽洵自永欣寺取得；更清楚的紀載：唐高祖李淵武德四年（六二一）蘭亭入秦王府，唐太宗貞觀十年（六三六）拓十本分贈近臣。劉餗是倡言史才、史學、史識的唐代大史學家劉知幾的兒子，父子都是唐朝史官。劉餗的說法，時間確鑿，應有史檔，我們為什麼不肯定它是信史？

清代考據之學，曾被胡適訾議過；收輯在《胡適文存》三卷的一篇〈治學方法與材料〉，批評清代考據家，「只在我們的爛紙堆裏，翻我們的觔斗」；甚至說：「紙上的資料，不但有限，並且在那一個古字底下，罩著許多淺陋、幼稚、愚妄的胡說。」胡適的話，似乎過火，可是試看清人王昶的《金石萃編》，竟然記述褚遂良〈聖教序記〉等名碑，是自左向右寫的。《金石萃編》付梓於嘉慶十年（一八〇五），那時流行他所記的左寫碑，全是右寫的，他相信無稽之談的訛傳，忽略擺在眼前的事實。一個碑刻，發現左寫右寫兩種拓本，必然有一真一偽；王昶不加考證，遽然記為左寫。我們今天再引用王昶的資料，繼續錯下去，豈不真應驗了胡適所攻訐的「胡說」嗎？

我們古人有個「托古」習尚，自己付出無限心血，把成果送給別人。去年有人在臺北市發現一冊所謂歷代帝王秘閣寶藏的王羲之真跡，青年書法理論家李郁周，在全國文藝會談，提出論文，列舉事證，指為偽品。我仔細看過那冊所謂真跡，包括它的題跋在內，用筆和氣勢，出自偽造者一個人之手。就書法論書法，書法相當好，而作者假托王羲之名義問世，為書法史平添謎團。相傳刻於梁天監十三年（五一四）的〈瘞鶴銘〉，位於江蘇焦山江岸的懸崖上，幾次山崩石碎，又幾次從江中撈起破片，拼拼湊湊，句斷篇殘；在宋代曾重刻過一次。日本《書道大全》所載它的拓本，字體雜亂，有的像王羲之，有的像石門銘，有的像顏真卿，這樣一個書法大雜薈，當作百衲書法欣賞，有其藝術價值，但不能把偽托當作原刻。

自從東漢有了書法理論以來，一直到清末，我們沒有一部完整的有系統、有組織、有識見的書法史。什麼叫做識見？就是新史學家所標榜的發掘資料與批評資料。例如書法史料中，有梁「太祖文皇帝之神道」刻石，墓道兩旁，分立兩石，同樣的書法，一旁正刻，一旁反刻，我們在介紹這類拓本時，不能不加以判斷。梁武帝固然有幾次遁入空門的反常史實，但他傳世的書法，一本正經；墓道立石，尤其鄭重，所以梁時不會有這種反寫或反刻。那麼，相傳的反刻是怎樣來的？我的推論是：南朝往後，很多人的人生觀，含有儒、道、佛三者的綜合境界。道家有陰陽之術，佛家有輪迴之說，迷信道或佛的人，故意把前人的刻石，重新反刻一次；學術些說，用意是生死輪廻，陰陽相濟；通俗些說，用意是讓鬼在陰面看的。或許有人問，迷信者難道初刻就不會反刻嗎？我認為刻石有它的傳統，直到如今，人們不分信仰，都維持秦漢碑刻的傳統，縱令反刻不只一兩種，縱令也有訛傳的著錄，書法史絕對不可以據為信史。

書法誕生信史，目前只能上溯到甲骨書法。它的疑史，可能再向上推進一步。西安半坡出土的仰韶期陶盌中，畫有一個圓形，很像人頭，頂上立魚，兩耳挂魚，口中啣魚，頭的前方，左右各有半條魚。依照我們認定古陶圖案的經驗，會解釋它是裝飾、標誌、族徽，或是說它象徵一句話、一個故事。我卻懷疑它是文字。——我們急待研究的史前書法。

我的懷疑，不是憑空來的，眼前就有證據。現任國立故宮博物院副院長李霖燦教授，為我國麼些文字學者；麼些文字尚保持我們原始文字的形態。我國西南邊境的麼些族，今天還有兩萬多人口；他們仍使用著像兒童繪畫似的文字，和西安半坡陶盌的圖案，筆畫及形概，如出一轍。我們看麼些文字，無非是：日月星辰、風雨雷電、山川河流、草木花卉，鳥獸虫魚，人物器具。東漢許慎在〈說文解字序〉裏說，古人造字取材，取之天，取之地、取之鳥獸、取之身、取之物，都由麼些文字得到證明。大陸赤化初期，美國收集到不少麼些文字的資料，曾專誠邀請李霖燦教授去華盛頓，替他們講解。假若我們沒有李霖燦這個學者，大家絕對不會相信麼些文字那種童書，竟然也是書法。麼些書法，無疑的使我們領悟到原始書法。我呼籲有關的學者專家，對麼些文字分工研究，它會幫助我們認識古陶上的文字，也會把我們的書法史向上推進兩三千年。

書法何以攀上結繩
——兼論書法用筆中的曲線條

前些時在電視上看到中國書法節目，仍然自結繩談到書法。又在報紙上看到書法用筆的專文，說用筆不外方、圓及方圓兼用之筆。以上說法，是我們書論沿用已久的老說法，我覺得尚須加入新觀點。我國固有學術，西洋人不斷運用舊資料，提出創見；像瑞典高本漢，對漢學廣泛而深入的研究，成就輝煌；英國李約瑟對我國科學文明的一些探求，啟發甚多。很值得我們反省。

先談結繩問題。

結繩是結繩，書法是書法。書法是文字的直接產品，結繩不是文學，它和書法不應該扯上關係。那麼，我們為什麼總把結繩和書法聯在一起？原因是，我們自漢代開始，有了一部字學權威書《說文解字》。這部書的作者許慎，在它的敘文裏說：「神農氏結繩為治，而統其事。……黃帝之吏倉頡，初造書契。」由於語氣相接，後人便以為結繩為書法之祖。說文解字影響深遠，清末民初時際，丁福保蒐集有關說文解字的論著，達一百八十餘種，輯成一千三百多卷，就是今天商務印書館印行的大部頭書《說文解字詁林》。研究文字學或書法的人，說文解字是一部必讀的書，結繩和書法糾纏不清，這部書關係很大。

其實，許慎的話，是根據《周易》〈繫辭〉所說：「上古結繩而治，後人易以書契。」和《尚書》序所說：「古者伏義氏之王天下也，始畫八卦，造書契，以代結繩之政，由是文籍生瑪。」這兩個紀述，主要關鍵在結繩而治的「治」字，與結繩之政的「政」字，它們都說結繩是治理眾人之事的方法。何況周易繫辭又說：「作結繩而為罔罟，以佃以漁。」已明白說出結繩的目的，在編織網羅，用作獵獸（佃）和捕魚（漁）之用，為先民生活手段之一。縱令說結繩能幫助記憶，而古代幫助記憶的形式，如疊石頭，綑黍稭，難道也與書法有關了嗎？所以，我們有理由不把結繩和書法扯在一起。

許慎在編著《說文解字》時，他不知道有甲骨文這回事，不免有望文生義的地方；比如「十」字，他解釋為：「十，數之具也，一（橫畫）為東西，丨（豎畫）為南北，則四方中央備矣。」但甲骨文的「十」字，卻只有一豎畫「丨」，否定了許慎的解釋。許慎更不知道近代出土的史前陶器上的疑似文字，比所謂結繩時期還要早些。可是，許慎的治學態度，相當認真，自稱：「理群類，解謬誤，曉學者，達神。恉」如果他還活在今天，他一定會修正自己的解釋。

把結繩誤為書法之祖，則是許慎所料想不到的。他引用周易繫辭的話，沒有引用全文，後人纔斷章取義。周易繫辭原文，指明在結繩時際，還有衣裳、舟楫、牛馬、禦暴、臼杵、弓矢、宮室、棺槨等八項備物成器的事實。證之尚書序所說，發明書契之後，「由是文（字）籍（書）生焉」，清清楚楚說明書契是文字之祖，當然書契也是書法之祖。如果我們引用漢代以來的說法，談書法之根，就說它由書契蛻化，不必自結繩說起。最好用較科學的觀點，來談書法起源；我們可以說：語言是事物的表徵，文字是語言的表徵，書法是文字的表徵。我們語言文字究竟發生在什麼時間，要等待新資料作證明。目前所知，最古而有體系的書法，確是甲骨書法。甲骨書法距今三千多年，相信形成甲骨書法那樣的書法形態，可能不止三千多年。

次談用筆問題。關於書法用筆，從甲骨書法迄今，筆畫類型多到難分難解。歷代書法著錄，大都重視方筆、回筆、方圓兼用之筆。乍看起來，這三種筆法，似乎足以包羅萬象，像書法中的「飛白」，以散筆露出點或線，它能表現在各種筆勢裏，無損於方筆圓筆的本質。問題在鍾鼎書法和漢碑書法，有些是含有澀巴巴的筆畫，不是方圓筆畫所能解釋的。漢碑因石質或鐫鑿技術，有時會發生剝皮現象，而鍾鼎書法是模子（范）鑄的，能夠加工修飾，修到與原筆相同為止，何以它也像漢碑一樣，被我們發現剝波筆畫？漢代蔡邕論書法九勢，其第八勢叫做「澀勢」，他說澀勢是「緊駃戰行」。澀筆就是筆勢作戰動姿態。唐代主張以書筆入畫的張彥遠，在《歷代名畫記》說，隋朝孫尚子「善為戰筆之體，甚有力氣」。可見書法用筆除了方、圓筆畫之外，澀巴巴的戰筆，歷史也很悠遠。澀筆其實就是曲筆，由於古人把阿曲史實或枉法定讞叫做曲筆，為免雷同，我乾脆稱它曲線條。

對毛筆千變萬化的功能，我們應該仔細分析它，纔能獲得古人用筆的完整經驗。漢隸時代，出現「永字八法」，後人一直奉為用筆南針。但八法的側、勒、努、趯、策、掠、啄、磔等筆法，根本不夠用，隨便以字典部首為例，「一」字的來往照顧，「乙」字的轉圜阿曲，「弋」字的右向弧挑，「阝」字的斜勾陡彎，八法就包括不了。楷書筆畫中常見的「懸針」與「垂露」，它也無能為力。至於篆書的回筆，隸書的蠶頭、雁尾，尤其散筆變化的飛白，都不是八法所能勝任的。古人說歸說，做歸做，他們多稱用筆得力於八法，而他們的用筆表現，卻不只八法，這正是國父所說「行易知難」的道理。

我們從「永字八法」所用的動詞來看，側、是偏筆，勒、是抽筆，努，是拖筆、趯、是躍筆，策、是揚筆，掠是撇筆，啄、是戳筆，磔、是捺筆。這些動詞，無非強調用筆要活，筆活然後字活。可惜唐代以楷書取士後，筆畫漸漸僵化，影響所及，不論圓筆、方筆、或方圓兼用之筆，絕大多數變成光溜溜的直線條，使原有的滑中帶澀筆畫，日形減少，元明而後，趙孟頫、董其昌等代表的縉紳書法臺閣體，就書法藝術說，算一種渦流。

書法藝術史上，有個違反藝術原理的事實。按理說，每種藝術有了新典型流行，舊典型必然退居歷史地位。而書法則不然，篆、隸等古老典型，實用價值隨時代消逝，但在書法藝術園地裏，它們從不退休。雖然現代藝術批評家反對以模仿為創作，我們書法家迄不接受這項觀念。天下事，利弊互見。書法以模仿為創作，固然是弊，而弊由模仿使少數書法家保留古書曲意，反而是利。宋代的黃山谷就是直筆露曲的佼佼者；清代鄭板橋，何紹基都有這份功夫；當代國畫大師張大千也是書法擅用曲線條的高手。

曲線條是中華藝術線條最寶貴的一環，應故宮博物院蔣復璁院長之邀，來臺研究中華藝術的德國學者愛德柏博士，曾公開發表演說，認定中華藝術的曲線條選用，較之對面、顏色，空間更為突出，遠非日本，印度或歐洲藝術所能比擬。愛德柏博士對東方藝術特有研究，他指出我們的曲線條，駕凌直線條之上。我覺得書法是最具體的線條藝術，因而不能忽視書法用筆的曲線美。

直線條與曲線條，各有其美。直線的美感是：單一，挺拔、銳敏。曲線的美感是：柔和、多變、含蓄。大自然中有很多曲直相兼的美感，河流蜿蜒，峰巒重疊，風起雲湧，樹搖木曳，莫不令人悠然神往。於是，我們可以說，書法線條，直的是美，曲的是美，曲直兼用的也是美。

書法流程出現奇蹟

——談復興基地崛起的顏真卿楷書

書法是文字的語言，它和我們多彩多姿的文字形態合流而下，不但為中華文化大放光芒，更為世界藝術史寫下最獨特的一頁。書法藝術中的楷書，沿著實用領域發展，在晉代塑成典型後，一直居於楷書主導；到了唐代，顏真卿突破它的章法，使文質彬彬的晉楷之外，又多了一種威風凜凜的顏楷。但自宋代以來，顏楷的流行面敵不過晉楷，雖然清代的錢南園曾吹起一陣顏楷旋風，而士大夫群競相琢磨的臺閣體，仍是晉楷衣鉢。依據楷書流程的史軌看，晉楷排山倒海的波濤，應該泛濫在我們這一代。想不到復興基地的臺灣，被顏真卿的楷書所瀰漫：學童臨帖，商店招牌，街頭標語，顏楷佔盡風光；書法流程出現奇蹟。

顏真卿楷書，直覺上有「力拔山兮氣蓋世」的雄風，它在復興基地流行，值得深入研究。書法藝術是心性表現，中華民族每當國步艱難、大局動盪時，常呈顯弱勢書法，例如：東漢末期的隸書，無法與漢代中期隸書那份鷹揚的姿態相比；東晉偏安江左的書法家，把抑鬱消極的情緒注入筆墨；殘唐五代時期，書法幾乎冬眠；宋朝北寇猖獗，有了徽宗外強中乾的瘦金書。我們今天從事反共復國聖戰，面對史無前例的頑敵，險象環生，愈挫愈奮，得以崛起強勢的顏真卿楷書，充份象徵中華民族不屈不撓的精神。尤其是當前流行的顏楷，用筆及形概，還增加了新血輪，許多書法家以大量柳公權筆意，摻入顏楷，蛻化而為「以顏為體，以柳為用」的顏楷新形貌。希望後世寫書法史的人，明瞭這種蛻化，並不是顏楷走入歧途，而是顏柳兩家生氣蓬勃的筆意，被復興基地書法家的反共強烈意識兼容並包了。

晉代醞釀成功的楷書模式，經唐代初期的書法家多方潤色後，席捲唐代書壇。顏真卿處於晉楷當令的環境中，能擺脫俗流，把成型幾百年的晉楷格調碾碎，獨樹一幟，對楷書說算是一次大革命。每一種藝術創新，都會遭受批評：李後主認為顏楷粗魯，說它插手並腳像個莊稼人；米南宮不滿它破壞古人方法，用匹夫之勇的楚霸王持劍來諷刺它。其實，顏楷在唐代就得到另一大書法家柳公權的響應；蘇東坡說：「柳書本於顏，而能自出新意。」顏楷能在唐代楷書陣營中，和晉楷打對臺，一千多年後又崛起臺灣，它的成就不是偶然的。《書林藻鑑》一書蒐集歷代四十八家對顏書的評論，家家都用抽象詞彙，讀者知其然而不知其所以然。茲就顏楷筆畫、間架、氣韻等三點，約略分析它在復興基地崛起的因素。

筆畫進展到顏真卿階段，已經知道的有：石鼓文渾厚樸拙的筆韻，小篆對稱均勻而機械的筆順，漢碑雜多的曲式、波式、磔式等筆色，晉楷光溜溜的筆形，唐初的歐陽詢多稜角、褚遂良多拱勢等筆味。五花八門的筆畫形狀，應有盡有。顏真卿猶能消化眾長，從古人經驗內提鍊出自己的筆畫：以豐實的剛性鈍筆，稍具柔性的弧度，看來挺而不拔；筆畫的末梢神經，以縮為放，以靜為動，看來尖而不銳。使書法史上第一次產生能屈能伸的大丈夫筆畫。這種筆畫，正符合我們今天的反共性格。

顏楷間架手法，在書法藝術上也是空前的。他創造的筆畫，如果用在當時流行的晉楷上，必然會枘鑿不入。僅以楷書的肩頭說，當時的楷書肩頭，可歸納為三種：一種是高高聳起的上升形，一種是斜斜右塌的下垂形，一種是圓圓轉彎的抹角形；這三種都不適合他的筆畫，他構築的肩頭是三種的綜合，確有「拳如釵股直如筋」的「折釵股」之美。顏真卿不曾述說他的書法創作經過，但我們從他的書法遺跡中，明顯的看出他在天寶十一年（西元七五二）寫的多寶塔碑，橫畫多纖細，直畫多肥粗，是他的雛形作品；經過二三十年的改進，到建中元年（西元七八〇）寫顏氏家廟碑時，就有了穩如泰山的典型。這樣典型的間架，和我們今天屹立不搖的心態一樣堅定。

氣韻是事物予人以形象之外的感受。一般人只看到顏楷有凜然不可侵犯之概，忽略了它眼睛看不見的剛柔相濟的氣韻。顏真卿敢於抵擋聲勢浩蕩的安祿山叛變，又知其不可為而為之的慷慨赴義於李希烈之禍。忠勇的性情，十足顯現在他的書法外貌。至於內在的藝術修養，從他回答張旭「平、直、均、密、鋒、力、轉、決、補、損、巧、稱」等十二類筆意，見解深奧；以及他崇尚自然筆法的「屋漏痕」，獲得懷素的喝彩；證明他的藝術境界不同凡響。新筆畫、新間架組成的顏楷，給欣賞者的氣韻感受也是新的。它雄偉的體格，有一夫當關之勢；而多數筆畫所露的微微弧度，直中見曲；此一交織作用，悠悠然使人心理間發生柔感。這種剛柔相輔相成的氣韻，不也是我們在復國途中所恆久保持的精神嗎？

顏真卿楷書的內涵與外延，和我們生活在復興基地的炎黃子孫，有了心性溝通，纔是它崛起的原因。不過據我統計，六十三年舉辦的中華民國全國美展，顏體書法入選五件，八屆兩件，九屆一件，去（七十二）年的第十屆就沒有人入選。這不表示顏楷式微。我歷次參與全國美展的書法審評工作，發覺顏楷參加的件量，一次比一次多，可惜，它們彼此模仿，難得入選。另一傾向是，文化藝術傳統面臨很多轉捩性挑戰，書法家不免向「書法藝術」大河，去激盪「藝術書法」。晉楷結體比較自由，可塑性高；顏楷造型嚴謹，變化率低；國畫家題詞落款，很少使用顏楷，原因在此。但是，書法藝術不像朝雲東升，變幻莫測；也不像晚霞西墜，詭譎無常。復興基地的實用書法，顏楷仍將是主流。

大冰塊爆火花

——讀聯副「當代名家書法小品展」記感

《聯副》以熱騰騰的寶貴篇幅，展出冷冰冰的「當代書法小品」，打破媒體一向從門縫看書法的積習，我病榻上拜讀各家作品，如見大冰塊爆火花，老眼為之頓明。假若作家把原跡贈給聯副，它將是一筆劃時代的珍藏，因為參與作家大部分壽登耄耋，他們是中國傳統念書人以書法做怡性消閒的最末一代；代之而起的正趨向書法實用通俗層與欣賞精緻面，分道揚鑣，也就是書法和繪畫藝術一樣，要步上專業化的途徑。這項展出已閉幕多日，而縈繞在我腦海的書法光環，使我抱病抒發雜感。

中國的草書，是世界抽象藝術鼻祖

語言是事物的象徵，文字是語言的象徵，書法是文字的象徵。中國文字一直走象形的路子，宇宙間的形象究竟有多少，是個未知數。我們書法史上已塑出正、草、隸、篆和行書等五個典型。隸書與草書為漢代書法藝術的孿生兄弟。草書的母體，由其它四類典型書法抽象得來。前人論草書，用盡風雨陰晴、花鳥蟲魚、山川丘陵、龍鳳虎豹等詞彙，卻沒有人指出它怎樣抽象？我認為是由母體，經過運筆的慢、快、急、速，去繁留簡而成。王羲之草「拜」字，把平劃全抽光了，只餘兩直畫，見《十七帖》。于右任草「聲」字，僅留下開頭的士字和耳字最後一豎劃，見《標準草書》。抽象技巧不同，所以一個字有很多草法。草書藝術不但是我們藝術中的藝術，而且兩千年前形成體制，是世界抽象藝術的鼻祖。

在文學史上占一席之地的趙壹，他的傑作〈窮鳥賦〉等，研究漢賦的人，非常重視。很少有人知道，趙壹在漢代以「非草書」為題，寫下中國書法第一篇評論。他以憤世嫉俗之心，尖銳刻薄之筆，對當時競學草書的廣大士群，極盡嘲笑怒罵之能事，宣示他的草書與用論。幸虧趙壹無權無勢，否則，草書在漢代就被腰斬了。但我們從「非草書」可以看出，一種新興藝術，都會遭到時人強烈非議；也間接證明漢草（即俗稱的章草）生長的艱難。

「書法爺爺」之說，是鄭板橋的幽默

書法家的成功，須經過欣賞、模仿、創作三個階段。欣賞誘發模仿，模仿刺激創作。模仿是手段，不是目的，是過程，不是終站。鄭板橋說，他很欣賞黃山谷書法，用心學習，惟覺其上水撐船太吃力，改習蘇東坡書法，所以自稱東坡是他的書法爺爺。我們看板橋書品，結構上有許多漢隸，而且筆含曲意，是他爺爺所沒有的。因此，可以認定書法模仿，只是汲取營養，面孔是自我的。

根據板橋的說法，蘇東坡學李北海，形神兩似，但他傳世的行楷，卻是橫畫細、直畫粗的蘇體。橫細直粗筆法，首見於顏真卿的多寶塔碑，東坡的書法爺爺，該是顏真卿？宋徽宗學薛稷，薛稷學褚遂良，徽宗的書法爺爺豈不是褚遂良嗎？褚遂良並沒有「瘦金書」那份鋒芒畢露的風貌。今人臺靜農書法，論者千篇一律說他模仿倪元璐，我在報上批評他從碑學中修煉出來，元璐的挺滑筆畫與他不同，他寫信告訴我，戳破了他幾十年的祕密，帖學中的顏柳歐趙，他從未沾過邊。他寫給我一幅對開聯句，以報知音。無形中否認他學元璐，張大千雖公開說，曾幫他蒐集倪書，以我看那僅止於欣賞。魏晉而後的大書家，以「雜種」為上，板橋的書法爺爺之說，雖有真蹟筆錄為憑，仍保留揚州大怪的玩世不恭，不能盡信。

米南宮論書法，勒、排、描、畫、刷

書法根本無法，它像佛偈所說的：「法本法無法，無法法亦法，今付無法時，法法何曾法？」林林總總的書法，無非經驗之談。不少人寫出的方法，由十幾法多到幾十法；至大的效用，可供參考。

唐代散文作家李華，指筆法僅有「截拽」兩種，善書者運筆也確實是截拽。宋代米南宮把筆法縮成一個法，他說：「蔡襄勒字，沈遼排字，黃山谷描字，蘇東坡畫字。」自己是刷字。勒、排、描、畫、刷，都是書法家用筆成功的結晶，例如所謂「刷」，傳統油漆匠以刷子施工時，左右往來，下上回應，與用筆的搖擺推拖以求中鋒，意義相同。

書法中的「永字八法」，原是漢代人士歸納隸書而組合的八個方法，學會這八個方法，寫隸書的「八分」（即後漢許多有波磔筆畫的碑蹟），確實綽綽有餘。可是從魏書形成的楷體，就不是八法所能勝任的；如「匹」字最末一畫，「弋」字的第二畫，「元」字的最末一畫，「永」字中找不到。中國人崇拜權威，權威令人沒有思想，崇拜權威的人，自己沒有思想還不知道自己沒有思想；這是永字八法到今天猶獲得迷信的主因。

書法「時空」問題，可從筆畫上討論

近人論書法，常說要「時空諧和」纔好，但都一語帶過，不曾進一步解釋什麼叫做時空諧和？是指一幅字的大小配合？古人早說過書忌「算子」。是指行草的字斜行歪？

古人的倒字不倒行、歪行不歪氣已經在先。

我覺得書法的時空，最好在筆畫上討論；筆畫的起止是時，起止間的活動是空，光溜溜的筆畫，只充滿時間痕跡，缺乏空間的輻射表現。如果筆畫起止的同時加入曲意，即時空諧和。甲骨文字用刀刻，限於當時的技術能力，空間短絀。鐘鼎文字是用模子鑄的，模子可以修，而鐘鼎文字則空的諧振滿足，顯得厚樸風光。隸書在漢代崛興，吐露時空諧和之美。魏晉後筆失曲意，到明清之際，筆畫光滑，被稱為「臺閣體」，部分清代人士倡議「尊碑卑帖」，說穿了即要求時空諧和，可概他們受到臺閣體感染，像何紹基確切做到筆有曲意；像趙之謙只捉到北魏方筆，起止仍光禿禿進行。於是，我們得到一個啟示，模仿書法最好淺嘗即止，否則，便成為「書奴」。

走入書法黑洞，便看不到自己

書法藝術以創作為鵠的，不以形概論功能。所以說「晉人尚韻，唐人尚法，宋人尚意」，乃純主觀的一隅之見。晉人的勞蹟，在於他們的草書與楷書的造型，當時北方胡騎猖獗，他們書風和文風一樣懦弱，唐代書評家認為王羲之書法「有女郎材，無丈夫氣」，這種韻味並不可取。唐人假若尚法，懷素的狂草，依擬什麼法？尤其顏真卿的胖筆畫，間架也與眾不同，該是書法革命，革命是破舊立新的。唐朝被譽為禪的黃金時代，禪法是各說各法。至於宋人尚意，大概來自蘇東坡的詩：「我雖不善書，知書莫如我，苟能通其意，常謂不學可。」他談的意，指書法家任意、隨意表現自己書意，是藝術的創作自由或自由創作。此種意識，每個朝代都不乏其人，何止宋人？倘使今天有人揣摩晉韵，枯索唐法，固守宋意，替古人的藝術延續生命，便走入書法黑洞，看不到自己的影子。

藝術講求突破，突破自己最難

藝術創作講求突破，突破前人，突破今人，最後要突破自己。攝影大師郎靜山的元配夫人雷佩芝女士，曾對我說過郎靜老在攝影藝術上為突破自己，跌倒了爬起來，爬起來又跌倒，百折不回，成功的發明「集錦」藝術，享譽國際。于右任的標準草書，是突破漢代章草、晉代今草、唐代狂草的第四種草書，生前目睹他的草書盛行，他仍不斷打擊自己，《標準草書》一書，經過十次修訂，修訂即突破；右老如活到今天，想必還在突破。

國立歷史博物館創辦初期，姚夢谷力主為于右任開一次書法回顧展，右老不答應，館長包遵彭曾托我當說客，也未獲首肯。負責展覽工作的何浩天，卻已暗地徵件，準備妥當；開幕前夕，姚夢谷諸兄邀請右老去南海學園旁的陝西飯館吃牛肉泡饃，飯後扶持右老到史博館休息，右老步入國家畫廊，瞥見滿壁懸掛他的書法，便低下頭，急忙走出，一眼都不再望；證明他不滿意自己舊作。

我們是書法母國，不能上洋當

書法技巧和理論，因人而異。我晚年自勉：「書法筆畫變無窮，方圓直曲兼蛇行；濃淡焦枯墨色妍，猶有飛白似神龍。」其中蛇行畫，下了不少功夫，偶然在書法字典內發現懷素的「閩」字，左邊一筆就以蛇行開始，令我羞愧不已。黑白相間的飛白，我早年的書法專著，曾說它是神來之筆，可遇不可求，可一不可再，可意會不可言傳。後經不斷試驗，它是由抑揚的筆觸產生，招之來，揮之去，毫不神奇，我又否定了自己的說法。中華哲學有「一體萬殊，萬殊一體」的奧秘，書法可以變，而萬變不離其宗。我們書畫固然同源，但早已分流。日本的前衛書法，使書畫混淆，儘管它有一套理論，我們是書法母國，希望我們青年書法家，不要上洋當。

附錄一

中流砥柱是我家

《中副》劉嘯月先生〈成語不可誤用〉一文，談到成語「中流砥柱」，語焉不詳。據說中共在黃河中流砥柱一帶，修築水壩，砥柱已被埋於一千公尺之下的河底；果如此，則「中流砥柱」將成為歷史上的名詞了。我出生在砥柱之畔，遙念故鄉，河山日非，特為之記。

砥柱位於今日河南省陝縣茅津渡以東二十五里的黃河中流，地理上稱之為三門峽。峽南是崤山，即《春秋》所紀秦晉殽之戰的戰場；隴海鐵路在這個區域所架的許多橋，由橋上下望，澗溪裏的羊群，小得像一堆螞蟻，高深之度不難想見。峽北是中條山——太行山的南端。三門峽是腰斬崤山與中條山的古代偉大治水工程之一，砥柱是古代工程家可能為了緩衝水流的急度，而故意在河槽中留下這塊大石柱。（我的父老們叫它砥柱石，不叫砥柱山。）

據〈禹貢〉載：「導河積石，至於龍門；南至於華陰，東至於砥柱，又東至於孟津。」由地形看，黃河經過晉南豫西的山谷地帶，從孟津注入平原，別說在四千年以前，即令在今天仍非蘇彝斯運河或巴拿馬運河所能比擬的工程。孟子論及大禹治水時，曾說「當是時也，禹八年於外，三過其門而不入。」治水之艱難，不言而喻。

三門峽的概略形勢是，砥柱在東，西方兩個石島將河流分而為三，北面山西省境的叫人門河，中間的叫神門河，南面河南省境的叫鬼門河。神門河除了冬季冰凍和夏秋水漲之外，因河身太窄，河底又石齒起伏，春天總是白浪滔天，激聲震耳；鬼門河乾涸的時間多，兼以曲折迂廻，險象環生；所以神、鬼兩門從來沒有船隻敢於經過。人門河面寬流緩，行舟都在山西省境的禹廟焚香祈禱後，再冒險渡過砥柱石，砥柱石高出河面約五丈，直徑約四丈，呈鐵褐色。石之西面有五尺左右的大字三個：「照我來」，用以指示駕舟者必須操縱櫓槳，直奔砥柱石，船纔能藉水勢的廻力安然越過難關。凡是怕碰到砥柱石，企圖躲避它的，一定會碰到它而遭覆舟的慘劇。

三門峽口與砥柱石，相距約一里，其間有「門限石」。鬼門河南岸的大禹廟，建在像獅子頭的一個巨石上，獅子頭鐫有名人詩句，不計其數，乾隆寫的「峭壁雄流，鬼斧神工」，刻在獅子頭的右耳部。三門峽以西五里的河中，有圓石一方，相傳為大禹歇腳處。這些遺跡，無非開山疏河時留下來的殘痕；我家的東山壁上，有兩個丈把長的凹凸腳印，致有大禹爬山的神話。

我的故鄉叫三門村，在三門峽南岸，風景幽敞，氣概壯麗；春到人間，桃花似錦；滿山棗樹，在初夏招來無數蜂蝶，宛如仙境；梯田懸在大河南北的山嶺，重疊蜿蜒，是大自然的神來之筆。于右任先生曾為我家大門寫對聯：「面河觀魚躍，負山聽鳥喧。」乃寫實之作。

圍繞著砥柱石的風光，使我生平不再愛任何山水。

我與三十年代

我出生於中華民國三年正月，歲次甲寅，西曆一九一四年。黃河三門（中流砥柱）是我的故鄉。

從五歲啟蒙開始，對文學有偏愛。唸私塾七年，泛讀經、史、子、集。但每天必須背誦舊詩兩首。詩讀多了，古人的花果，很自然變成自己的經綸。我像杜甫一樣，七歲學作詩。四五年間，我學寫的舊詩，近一千首，包括五言、六言、七言。因為受古體詩影響，雖然早已唸熟了《康熙字典》前面的四聲歌：

平聲平道莫低昂
上聲高呼猛烈強
去聲分明哀遠道
入聲短促急收藏

而我寧肯被老師責斥，一直反抗為平仄而琢磨詩句，現在還記得的習作，如：

黃河三門物之華
人間早把畫圖誇
峭壁雄濤為天塹
中流砥柱是我家

私塾老師非但不指摘聲韻上的毛病，反而大加讚揚。再如：

花開花落有色園
雲來雲去無聲天
心田不滯一條路
意境常存萬重山

老師看到我這首七絕，覺得句句似曾相識，乃發動同學細查古詩，一周後無所獲，老師當眾向我道歉，並親自把它寫成中堂，懸在教室，以示鼓勵。

民國十七年秋，我讀河南第一師範。小學同學徐鑑泉（即詩人丁韜）任《河南民報》總編輯，他約我在課外主編副刊，我開始對新詩發生興趣。

我主編《河南民報・副刊》將近兩年，曾把我的舊詩稿以「枕畔雜詩」專欄，連續刊載，也經常寫新詩。同時以最高稿費向當時名詩人徵稿，徐玉諾、于賡虞等就寄了不少詩作給我。為中原新詩壇開創風氣。

那時我年紀雖小，卻也知道培植新詩人。例如蘇金傘（綽號大鐵錐，馳名的體育健將）民報副刊引起他寫詩衝勁，十八九年間，他在國內著名報刊發表新詩，成就很高；研究新詩史的人，如果發現他的詩，一定會驚奇他是一個（可能曾經出過單行本的）大詩人。再如女詩人趙清閣，從民報副刊起家，被上海女子書店網羅去，三十年代在文壇上非常活躍；大陸赤化後，她一度流亡日本。她和丁韜戀愛失敗，一生沒有結婚。

這裏我要特別介紹徐玉諾。我初編民報副刊時，曾在上海出版的刊物上選登徐玉諾的詩。不久，他便和我通訊，知道他在河南第二師範（校址在淮陽）教書。我離開開封，和他失去聯絡。到臺灣之後，纔曉得著名的政論家李士英兄（曾任監察院秘書長）是他的得意門生。士英兄是河南尉氏縣人，寫新詩的筆名叫「了人」。徐玉諾於民國二十三年在故鄉的河南魯山創辦魯陽中學，自任校長，了人擔任過這個中學的英文教員。那時，他們師生曾借河南民報編輯《太平車周刊》，徐玉諾筆名「一把手」，李士英筆名「二把手」，鼓吹「大眾文學」，也就是口語、寫實的、民族的鄉土文學；中原後期的新文學家姚雪垠、李蕤、梁風等，都是「太平車周刊」的車輪帶起來的。抗戰末期，了人出任掃蕩報重慶總社總主筆，徐玉諾困居魯山，生活貧苦，曾有長信「半封書」，在掃蕩報發表。經了人向「中國文藝獎助金委員會」申請獎助他，由當時的主任委員馮玉祥批准救助法幣五千元。抗戰勝利，了人擔任和平日報南京總社總主筆，徐玉諾曾寫信給了人，說「西北出現天狗星，如不早日打狗，必致惡狗吃人，天下大亂」。天狗星指毛澤東。這位二十年代就負譽全國的新詩人，終於不幸被天狗星吞掉了他潦倒的生命。

抗戰末期，我奉戴雨農先生之命，以軍事委員會少將專員身分，由西安深入「秦晉殽之戰」的古戰場，主持破壞日本軍閥陰謀製造的「黃洲國」（略見國防部情報局六十五年五月編印的《戴雨農先生年譜》三〇八至三一五頁。及學生書局出版的史紫忱著《雜文》二七二至二八一頁。）三十三年臘月，在硤石南端一個村莊歇腳，見到一位張姓老太太，用一本《紫枕詩集》夾存剪紙花樣；我如獲至寶，連忙以身邊所攜帶變換密電碼使用的一冊《新舊約全書》，情商張老太太交換《紫枕詩集》給我。

《紫枕詩集》是我在民國十八至二十年間的新詩作品自選集。民國二十年秋，徐志摩先生答應為我出版詩集，不料我還沒有整理好，他就遇到空難逝世。第二年春，我曾直接向上海新月書店交涉出版，該店以徐志摩先生逝世後，生意不景氣，很少出書，僅告訴我可以考慮，但須像陳夢家的《夢家的詩》一樣，得請胡適之先生寫個封面。當時，我的辦報朋友徐鑑泉函電交馳，要我立即到鄭州辦《鄭州日報》，我便把詩集出版這件事交胡雪峰（毓瑞）同學全權處理。

北大原有「讀詩會」組織，胡雪峰是中堅分子，每次集會時，他必親自邀請徐志摩先生主持。當時，教授群中胡適之是個氣候，學生群中胡雪峰是個氣候，老腦筋的北大人，便嘲笑他們：「二胡亂華」。胡雪峰人極精明，想在詩壇另打天下，乃糾合石景明、劉長林等同學，創辦「中國詩社」，並積極出書。（《紫枕詩集》曾附載他們的書目。）讀詩會聲勢大減。更以徐志摩先生逝世，讀詩會乃有曲終人散之慨。我到鄭州忙著辦報，胡雪峰得到胡適之先生幫助，《紫枕詩集》由新月書店的北平分店發行，卻由「中國詩社」名義出版。我只在二十一年八月收到詩集十五本，同年年底收到北平新月書店寄給我版稅四十四元四角外，一直到新月書店二十三年出盤予商務印書館，我沒有和它們連絡，它們也沒有再理會我。十年後在山間發現《紫枕詩集》一本，珍藏手提包內，幸而帶來臺灣。

我的學名叫史銘，字叫子箴。寫舊詩或新詩，便以子箴的叶音「紫枕」作筆名。二十四年冬到湖北省政府當秘書，民政廳長孟廣澎先生（他卸任開封道尹後，當我的啟蒙老師。）堅持要我把「枕」字改為「忱」字。初改，使用不一：比如那時參與民族文學運動，在武漢《文藝》上發表〈論魯迅〉及〈小說作法十講〉等，仍依主編胡紹軒之意，使用「枕」字；而在上海《國聞周報》發表〈中國禁煙問題之檢討〉，就使用「忱」字了。這是《紫枕詩集》命名的說明。

《紫枕詩集》中特別值得一提的是，葉鼎洛先生為我所繪的三張插圖。葉先生留日，曾被日本文藝批評家指為二十年代中國浪漫派作家的代表。他畫的毛筆畫，有點日本「浮世繪」韻道，但他不承認。據我記憶，他給文學作品畫插圖的，似乎只有郁達夫的「迷羊」中有過一幅。他給我作畫時，一再要求我把詩集交由上海北新書局印行，我沒有聽從他的好意。

葉鼎洛先生是我的老師。我民國十七年入河南第一師範，班上同學很多是「小文學家」，教國文的老師連連被同學轟走，第一學期，校長孫蘊璞先生把開封大中學校有名氣的國文教師請遍了，學期之末只好由校長作鎮壓式的出題考試。我因為讀了葉鼎洛先生的大作〈烏鴉〉、〈妓女的歸家〉等，和葉先生早有書信交往，便在信中探詢他肯不肯來開封教書？他回信說可以一遊中原，但希望每月一百六十元的薪金能增加一倍。寒假期間，我將葉先生的信請校長斟酌，想不到校長滿口應允，條件是我保證同學不再「轟」。於是葉先生十八年春，就由上海到開封教書。

葉先生在開封定居下來，他有鴉片嗜好，我和他成了師生關係，他卻一直視我為小朋友，我陪他吃鴉片，也陪他出入花街柳巷。十九年春，他和一位馬玉玲小姐同居，曾生下一個女兒。二十二年他與馬分手，父兼母職，養育他的女兒白露。

對日抗戰初期，開封淪陷，葉先生攜同他的女兒白露逃往西安。左翼作家及共黨幹部紛紛勸他去毛澤東盤踞地的延安，被他峻拒。鎮守西北的胡宗南將軍得悉，隨請他到幹四團任上校教官。這時，他戒絕了鴉片嗜好，直到抗戰勝利，重返江南。京滬危急之際，他在崑山原籍一家地方性報紙編副刊。我三十八年五月一日由上海飛臺灣之前，還託人帶了一筆錢給他。此後，消息隔絕。

《紫枕詩集》裏面的詩，寫作時間，距今快半個世紀了。重讀起來，非常不是滋味。它是不成熟嗎？它在當時必然有其份量。它是沒有內容嗎？詩中顯示九一八事變前一個年輕人的心態波動。如果說它格局太差，那時節新詩的格局不過如此。我依稀記得：舊詩的纏繩絆著我，至少在民國十七年冬天，舊詩的詞彙丟不掉，非常痛苦。個人又不願模仿新詩人的心型與詩型。自認或誤認我的詩語是獨立的。但六十多歲重讀它，不禁啞然失笑。

我不知道古今許多文學人，當老年時重讀初期作品時，究竟有什麼感觸？我想，歷史流傳的文學人作品，除非作者短命，則他流傳後世的作品，必然是中期和後期的作品多。因為再有天賦的人，他的生命歷程，只要腦子不曾病，其經驗、體驗、超驗，準會與歲月同增長的。

對於《紫枕詩集》，我缺乏勇氣自我批評。因而要求負譽中外的女詩人胡品清教授予它一個客觀的歷史性的簡析。這本詩集由北平新月書店發行，胡教授把我和新月派詩人相提並論，太抬舉我了。我只有一點感想：中國詩步向創新途徑以來，由赤裸裸的白描，經過亂紛紛的流派，轉變到今天晦澀澀的潑墨，以詩的進展觀點看，失的成份多於得的成份。新舊詩人都該深切反省。

不過，我以過來人的身分，要老老實實說幾句老一代從大陸轉進自由地區的文學人，從未說過的詩話：

一、文學創新或創新文學迄今，新詩這一環儘管也很熱鬧，其成就是可疑的。散文、小說、戲劇等都有創世紀的傑作，而新詩則只收穫一堆資料。詩史不能斷線甚至空白，但若以這幾十年的新詩成果，作為文學人在時代中盡了詩統緒的責任，無論從那一方面說，都覺得不夠。

二、我認為詩的先天性應該要朗朗上口的。新詩的數量不能算不驚人，其能朗朗上口的，不是沒有，而是少得可憐。所謂朗朗上口，指它也該有舊詩那樣使讀者背誦的誘力，與今日的「朗誦詩」無涉。

三、七十年代的文學人，大都知道新詩在讀者群——也就是市場——裏的行情，銷路的指標線連清淡也談不上。殊不知二十年代或三十年代的新詩單行本或專刊，銷場也是淒慘的。大陸地區遼濶，文藝書籍的銷路，單單上海或北平一地的市場，就比今日自由中國大得多，可是新詩的出路，窄之又窄。朱自清在《中國新文藝大系・詩歌編》的選詩雜記中說，他和俞平伯、葉聖陶等人所辦的《詩》月刊，中華書局印行，「那時大約也銷到一千外。」縱令他不誇大，也還是可憐的。

四、從民國十六七年開始，新詩人日趨增加，連善變的大軍閥馮玉祥都寫新詩：「黃河黃，長江長。黃河麥子高，長江稻子香。唉！還有那珠江也是好地方。」這首詩是他自認的傑作，民國二十七年夏，他在武昌南湖曾親用顏真卿楷體寫了送我。其中的「黃河麥子高，長江稻子香。」省掉流域或地區的指詞，變成黃河與長江裏面分別生長麥與稻，何等新奇。「寫新詩的人比讀新詩的人多」這句嘲弄詞，民國十七、八年就有了。

五、初期新詩壇的作家，很多都有寫舊詩的根柢，一直到三十年代的新詩人，差不多也都是奮詩的讀者出身的。他們的作品除了横的移植的西化，形成新型「為賦『新詩』強說愁」而外，極大多數都還保留有中華詩命的延續。可惜詩語驟然失去固有詩、詞、曲那種含蓄、俏麗等美的神韻，始終抓不到廣大讀者。

以上這些肺腑之言，並無意否定新詩人的努力，相反的對詩人在文學人中的奮鬪精神，我有無限敬佩。假若七十年代或八十年代的中華新詩人，永不省察新詩語傳統性的重要，以及意境上的中華化，則新詩發展史已經告訴我們，新詩人即使站在十字街頭，而作品效用卻仍悶在象牙之塔。我個人雖然脫離詩陣幾十年了，而對新詩的熱望不減當年。中華民族是詩的民族，中華文學史是部詩史，由於詩太偉大了，典型不容易奠定。我相信新詩在創作與理論交互迸發下，不久的將來必然會脫穎而出。

《紫枕詩集》原為三十二開本，用當時被稱「橡皮紙」的乳黃色八十磅紙印刷。葉鼎洛先生的插圖，用的是一百六十磅的銅版紙。每面只排九行，正文計七十八面。這次重排，依照本書（按：指《文學人》）行數改排，未能存真。

再者：《紫枕詩集》中，使用「的」、「底」、「地」三個字，在當時相當流行，「的」用於形容詞，「底」用於所有詞，「地」用於副詞，特為伸述。

大陸變色後，來臺的三十年代新詩人不多，而來臺新詩人出過單行本的更不多，出過單行本猶能找到一冊的尤其不多。這是我珍視《紫枕詩集》的原因。這本詩集出版在民國二十一年，我便與三十年代拉上關係了。

我在河南編副刊

一、壯我中原

中原文化自宋室南遷後消失它地區上的主宰性，而中原為兵家必爭之地，每當兵燹變起時，中原必烽火連天，生靈塗炭，文物損毀；〈清明上河圖〉所描寫的那些繁華鬧熱的美麗景象，都付之夢幻泡影。站在中原人的立場看，中華文化發祥地的中原文化動盪，種因於京都移轉、交通環境、產物生殖、人才流向等問題固多，其為兵家打拉鋸仗的蹂躪，則是扼殺中原文化茁長的主因。

我生於民國三年，從小讀歷史，就對所謂「逐鹿中原」非常驚駭，對蘇秦、張儀的縱橫之說，更感到它是以中原作策略樞紐的。年歲稍長，身歷軍閥肆虐，北伐之役，共匪竄擾，八年抗戰處於第一線的苦難，以及勝利後匪軍在中原的殺戮慘痛。我富有鄉土觀念，對中原文化鼎盛每發思古之幽情。在會織夢的年齡，便癡想荒蕪的中原文化有復甦的一天。這是我弱冠之年就參與中原報紙副刊工作的動力。「九一八」事變起，「國難會議」在洛陽舉行，國民政府定洛陽為行都，我以一個小小報人，奔走於開封、鄭州、洛陽道上，曾經初生之犢不畏虎的代于右老給《河南民報》寫「壯我中原」四字，可以看出我的心境。

二、不自量力

北伐底定，中原重鎮的開封，先後有三家具規模的報紙，一家是省政府辦的《河南民報》，一家是省黨部辦的《民國日報》，一家是黃埔同學辦的《河南晚報》。我從民國十七年起讀河南第一師範三年，前兩年編《河南民報·副刊》，後一年編《河南晚報·副刊》，自認文化與教育應打成一片。

我唸的「北倉小學」是河南省會的明星小學，有七年級，男女合校，天才兒童很多。同學徐鑑泉（即詩人丁韜）聰明慧敏，文筆超群，少年老成，在五年級以風流瀟灑被同學呼為「城北徐公」。他畢業後受聘任河南民報總編輯，第二年我考入師校，他約我編民報副刊。

那時的報社很尊重編輯，社方對副刊沒有任何政策約束或指示性牽扯，我搞學生運動，中國國民黨的身分顯亮，幾乎不曾有地下或地上的赤色作家以普羅文學作品投稿，我本著復興中原文化之旨，主動約稿，為了提高副刊聲勢，不斷和京滬名作家打交道，著名浪漫派作家葉鼎洛，不但給我稿件，還因為我的牽線到開封教書，當了我的老師。民報副刊內容，古今並收，中西雜陳，對開整版的版面，編輯只有我一個人，我煩約同學胡毓瑞（即詩人胡雪峰）、賈永琢（曾任長安西京朝報及開封《工商日報》社長）、屠家驤（曾任《河南晚報》社長）等幫忙。我家庭富裕，每月五十五元薪水移充稿費開支，我由有什麼稿就用什麼稿，一變而為要什麼稿就有什麼稿。除了重大紀念節日副刊須配合應景文字外，平時則小說、散文、學術論文、掌故、遊記、新、舊詩等，包羅萬象。

我有復甦中原文化的中心理念，我把副刊經營像一座花園，中心理念如同花園曲徑中的一幢教堂，要誘導讀者進教堂，必先具環境吸引功能，避免直接說教。比如鼓吹中原文化，闡揚三民主義，反對共產思想，每在不知不覺中達到願望。如果當時集結副刊文稿出書，一定有不同類型的好書出現。記得刊過詩人馬騰霞一篇新詩：「孟姜女血淚灑長城」，一萬五千句，連載三個多月，是敘事詩、是抒情詩、是社會詩、是愛情詩、是反暴詩，詩語幽美，情節動人，結構嚴謹，到今天我還懷念這篇詩。

五六十年前排字房的出色工友，特別「老爺」，遇到換稿或臨時改版時，不少由上海來的「師傅」，經常用我聽不懂的滬語罵我，奉上一瓶好酒都不買賬。我脾氣倔強，在這個難關，我學會檢字、拼版，回想起來連自己也不敢相信，我有過六七天沒有機會睡覺的紀錄。尤其校對副刊的一位王老先生，在報社的名義不是校對而是稽核，有權改稿；有時真幫忙，有時幫倒忙。據說報社把校對命名稽核，是從老《申報》學來的。這位校對風格不凡，他曾對報紙錯字做過統計，從原稿、檢字、初校、二校、三校、改版、拼版、刻字、看大樣、鑄版（打紙型）等過程中，相異的出錯機會，有七十多種，而且舉證歷歷，傳統的校勘學比起他來要讓三分。

《河南民報》是地方性報紙，而它的發行網則向中原地區以外擴延，交換的數量也多，它由對開一張半增加到兩張，形成中原唯一大報，副刊約稿也比較順利，知名作家像徐玉諾、于賡虞、盧冀野、蕭一山等，都被我們網羅，新人趙清閣、蘇金傘等也脫穎而出。我看到第一師範同學們訂報、剪報、藏報、讀報、談報，雖然有將近兩年的辛苦，卻有點不自量力而「少年得志」的錯覺。

三、惹上官司

民國十九年暑假，經劉藝舟先生（曾任國大代表）介紹，認識《河南晚報》社長雷德。雷德是湖南人，黃埔一期出身，他的報社總編輯羅暾初、採訪主任蕭勁之、經理王同鬲都是湖南人，總主筆涂公遂是江西人，他要求我這個河南人主編副刊，我答應了名義，實際編務多由蕭勁之代勞。它是一份極具戰鬥性的報紙，褒貶時政，揭發貪污，主持正義，可以說渾身是膽。四開小報，勵行精編，印刷考究，不登廣告，風行一時。

《河南晚報‧副刊》，首先創設「方塊」，方塊名稱叫「機關槍」，由我和蕭勁之、王同高三人輪番上陣。蕭勁之膽大而心不細，終於出了紕漏，害我吃上官司。有一次社會新聞版報導開封西北中學一教員，要學生替老師煖被窩，教員見報後告到開封地方法院。刑庭推事胡玉璋審案時問羅暾初：「你們報紙登人家的新聞，怎麼不徵求人家的同意呢？」涂公遂寫社論說：「……胡推事之視報紙，猶土匪之視法律也。吾人呼殺倭奴、如徵求倭奴同意，則推事與記者等皆為階下囚矣。……」蕭勁之在「機關槍」內批評胡推事問案大模大樣的神氣是「搖頭擺尾」。報發出去，我發覺有問題，第二天訂正為「搖頭擺腦」。但胡推事認為社論與方塊對「公務員執行公務，公然侮辱」，移送檢察官提起公訴，社長、總編、主筆、撰稿、副刊主編一律入罪。

這場被稱為「搖頭擺腦」案的官司，全國各大報紙，競相登載，相當轟動。西北中學案以查無實據，宣判無罪。案外案的「搖頭擺腦」案，高院發還更審兩次，最高法院發還更審一次，拖了兩三年，涉案被告早已星散，只有我一個人在《鄭州日報》工作，我以開封法院官官相護為理由，申請最高法院移轉管轄，案交鄭州地方法院審理。鄭院院長邱祖藩執法認真，得以原判撤銷。胡玉璋推事看到京滬大報都載鄭州專電說搖頭擺腦案改判無罪，血壓上升，一病不起。走筆至此，猶有遺憾。

四、化除危機

民國二十一年我和徐鑑泉、劉浩然等辦《鄭州日報》。鄭州是東西的隴海鐵路與南北的平漢鐵路的交會點，為我國腹地的交通咽喉，工商聚集，市面繁榮，京滬大報在鄭州派報的拉廣告的競爭激烈。《鄭州日報》日出對開一張半，以兩版作副刊，一版為文藝綜合性，一版為小說版。小說版每天刊一篇或兩篇武俠、社會、歷史、神怪或鴛鴦蝴蝶派小說，不連載。部份發行靠平漢、隴海兩路隨車員工，車間推銷，沿站整售，龐大的乘客群，能在《鄭州日報‧副刊》讀到張恨水、平江不肖生、馮玉琦等名家小說，得解旅途寂寞，風聲遠播，大為吃香。

對《鄭州日報‧副刊》說，開始由徐鑑泉兼任主編，徐鑑泉不久就到湖北省政府工作，主編落在我身上，執行編輯是劉潔淇，我只算「提調」，今天的名詞是「策劃」。上海正風學院學生湯增敭常投稿，我約他介紹文稿，他推薦名叫「金也夫」的幾首新詩，其中一篇有「農人呀，工人呀」的晦澀句子，有人向河南省主席劉峙誣我是「共產黨」，劉峙手批：「拘捕訊辦」。幸而鄭州警備司令蔣鋤歐得到消息，親自找劉峙理論，化除危機。事後蔣鋤歐告訴我：「真想不到，搖頭擺腦案中風而死的胡玉璋推事，是劉峙的江西鄉親呀！」

五、停刊風波

抗戰勝利後我在開封辦《力行日報》，邀到京滬大報派駐中原的名記者，到我的報社服務。總編輯王曼洛是《和平日報》（原《掃蕩報》）特派員，總主筆張履之是《益世報》的特派員，採訪主任李辛霖是《大公報》的特派員，資料室主任王鋒是新聞報的特派員，可見我對新聞專業人員的重視。當時開封有力行日報、中國時報、河南民報、民權報、青年日報、工商日報、民國日報等七家日報，及河南晚報、中國晚報兩家晚報。（胡宗南將軍辦的《大河日報》，不久即併入《力行日報》，尚不計算在內。）

老報人大概都知道抗戰後新聞人才不夠用，中共一面直接設法安置赤色文化人打入新聞界，一面間接污染純潔的新聞從業人員，開封處於四戰要衝，共產黨的活動更無孔不入，打這場文化戰功勞最高的是今日在臺新文藝史家劉心皇。因為我有編副刊吃虧的經驗，所以關照總編輯王曼洛注意副刊主編人選，王曼洛每找到一位主編，都先表示思想靠不住，我認為「感化」第一，即令是中共地下黨員，也要設法感化他棄暗投明。

李塞風（即今日大陸赤色詩人李根紅）主編《力行日報‧副刊》時，王曼洛經常拗不過李塞風，三天兩頭要我決定文稿去留，我以社長兼核副刊一些問題稿，至少有大半年時間，但還是在我小心翼翼下出了毛病。三十六年正月河南省政府各廳處公務員舉行勞動服務，新聞說「公務勞動服務，有其名而無其實」，李辛霖為副刊寫「方塊」，以「支應故事」為題，批評公務員勞動表演，文筆刻薄了些，少數左傾公務員藉此煽動，省府公務員決議搗毀力行日報，民權報社長周炎光得悉，連夜召集各報員工兩百餘人，持械守候在力行日報門前，嚇阻了一場「方塊」災難。省主席劉茂恩心有未甘，指示警務處下令力行日報停刊三天，我決定守法，擬就奉令停刊三天的啟事，送請各報第二天在第一版刊出。想不到中國時報社長郭海長（復旦新聞系畢業，現任中共政協河南副主委）唯恐天下不亂，他馬上背著我召集了記者公會和報業公會舉行緊急聯席臨時會議，第二天各報在力行日報的啟事後面又登了兩個啟事，一個是報業公會會員報同情力行日報，也要停刊三天；一個是記者公會全體記者為伸張正義，即日起內外勤無限期罷勤。啟事都登在第一版頭條新聞之前，劉茂恩主席感到事態嚴重，親自到力行日報向我道歉，並收回停刊公文。我只好備四桌酒席，請各報重要負責人吃飯，要求大家別趁水和泥，風波平息。王曼洛曾在酒席宴前，放聲大哭，為副刊難編將酒水摻淚水慘痛吞下。

六、副刊前瞻

我主編副刊或照料副刊，有甘有苦。大體而言，副刊的「方塊」容易招惹是非。今天副刊的方塊，漸漸傾向於知識領域，這是個良好的進步現象。我從七八歲讀京滬報紙副刊，它們給我數不清的思想上和知識上的啟發，但我編副刊時，受困於許多事實限制，無法達到自己理想，例如我很嚮往學術性專刊，讀者群接受力太差，不敢嘗試，只好散兵線式的刊出。我覺得我國報業發展在抗戰後進度不算慢，惟獨副刊的步法仍徘徊於文藝綜合圈中，這該立即檢討。面臨資訊時代，媒介日新，學術分工既細密又具體，已往報紙的專門性周刊的被淘汰，即足以令人省思。我曾對當前高發行額的報紙，做過非正式的讀者性向調查，性向偏重副刊的統計不到十分之點五，假若副刊不未雨綢繆，早日擬訂遠程計劃，甚至先一步試探計劃，將會陷入死港。中國人原本的文學文藝氣質，正無可奈何的褪色，副刊學者或專家，應有警覺。不久的將來，傳播媒體走到什麼境界，其速、其廣、其便，難以想像。何況有一天會有「文藝日報」出現呢！我國報紙獨有的副刊，產生背景複雜，縱令它今天仍有相當效用，卻屆夕陽期。《文訊》如果能夠再張羅一個「副刊前瞻」特輯，對副刊的導向作用必然很大。

「黃洲國」之夢

二次世界大戰末期，日本軍閥在強弩之末，企圖於我國的河南、陝西、山西及綏遠等省，劃出全省或部份，仿照「滿洲國」的故技，組織所謂「黃洲國」。從民國三十三年冬天醞釀起，直到抗戰勝利，這個秘密計劃，始終被我軍事委員會調查統計局的負責人戴雨農先生作膠著性的掌握，從眼睛看不見的鬪爭，打到炮火連天，使日閥的妄想，胎死腹中。這個驚天動地的抗戰史實，只是戴先生革命領導中的一個小關節。最近研究我國近代史和抗戰史的朋友，曾紛紛以「黃洲國」的內幕見詢，我是受戴先生之命，親自參與這件工作的，事關戴先生的史蹟，謹簡述如次：

一

民國三十三年初冬，戴雨農先生在長安的西京飯店約我面談。那是一個冷風颼颼之夜，寒月懸掛在大西北的天空中，予人的感受非常清新。第一戰區長官部調查室主任文強，親自駕車陪我如約晉謁戴先生。

當天的上午，我和戴先生見面時，他和平常一樣，看不出他有什麼重要事情交我辦，晚間我和文強走進他的臨時辦公室，發現他寒暄過後，面色相當沉重，而且一再離開座位，在室內踱來踱去。他似乎在考慮一個什麼問題，一邊叮囑說：「你們稍等一下，胡先生（宗南）馬上就來。」同時，他從口袋裏掏出一件文件遞給我，我接過來看，是一份軍令部的公事，內容大意說：豫西淪陷之後，峽石煤礦公司的礦警隊長秦潤普，集結散兵游勇萬餘人，力量強大，軍紀很好，防區懸掛青天白日國旗等語。戴先生露出很關切的神情問我：

「峽石煤礦公司不是你經營的嗎？那邊的實際情況，你知道吧？」「這份情報，大致對的。」我報告說：「只是最近那邊又聚結了游擊部隊除魏鳳樓、楊振邦、劉紹唐和張天民等官兵，人數已增加到三萬左右。秦潤普這個人，有勇無謀。這種局勢的發展，我已向文主任談過多次了。」

「我希望你到豫西去主持策反工作。」戴先生不等我表示意見，接著說：「你到豫西，我給你軍事專員名義，不光為了你的煤礦上的那支武力，重要的是匪軍陳賡派韓鈞做豫西軍分區司令，洛陽到潼關一帶情勢危急，最值得注意的是日本軍閥在陝州設立一個軍事情報機構叫亞洲公館；又設立一個河南公館，專管政治情報。河南公館的機關長小坪一郎，兼負特殊任務，計劃著要在西北搞新的偽組織，初步情報說，小坪一郎與汪逆精衞和王逆克敏都不發生關係，直接受東京指揮。你到達敵區，除了穩固現有武力基礎，進而消滅附近匪軍外，並積極地打入河南公館，粉碎敵人陰謀。」

戴先生話未說完，胡宗南先生匆匆而來。胡先生一坐定，便胸有成竹似的說：「你們談妥了吧？豫西方面的工作，關係整個西北的安危，只要我能幫上忙，戴先生儘管吩咐。」

「我做戴先生的幹部，雖然有十多年的歷史，一向擔任公開職務，這次戴先生派我到豫西，初次主管秘密工作，責任艱鉅，請胡先生格外指教。」我以為胡先生本人在西北統帥大軍，與豫西地方人士，有很多私交，誠懇的請求他幫忙。室內靜了一刻，戴先生對我說：

「好啦，你同文同志密切聯繫，有困難隨時報告。」他又面向文主任說：「這項工作的原則，我已和胡先生決定，你們要克服任何艱險。」

文強和我叩別了戴先生和胡先生，走出西京飯店。長安的夜市隨著我的緊張心緒，路燈像在跳躍，建築物像在蠕動，平日健談文強，今晚總拉長面孔。歸途中我跟文強開玩笑：

「你有太行山的悲壯經驗。你今天的心情我猜得出，可能你怕我像你一樣遇到孫殿英。老兄，別替我操生死之心，明天研究如何完成戴先生交給我們的任務吧！」

「用不著研究了！」文強斬釘截鐵的告訴我：「什麼都替你準備好了，三天內起程。」

二

我帶了男女同志三十餘人，出潼關，到閿底鎮下火車，南行至上戈，越過共匪的出沒區域——乾山一帶，走了四天兩夜，平安到達峽石。沿途爬峰越嶺，除荊披棘，吃盡那「翻一山又一山，山山不斷；越一嶺又一嶺，嶺嶺相連」的苦頭。

峽石在澠池之西，距我世居的三門峽二十五里，即春秋左氏傳所記「秦晉殽之戰」的殽山，形勢險要，隴海鐵路最長的山洞路，就在峽石。

日軍於三十三年春侵佔洛陽，乘勝西擊，進兵至靈寶邊境，豫西遂告淪陷。日人原擬繼續開採我所經營的煤礦，（峽石東的觀音堂煤礦，為張伯英所有，惜煤源已斷。）想不到我的鑛警隊起而抵抗，而且勢力日大；日軍只有在峽石西北等地，構築堅強炮壘，死守據點，放棄了面和線。

我到達峽石時，匪軍實力已散佈洛陽以西及澠池以東地區，人數靠近五萬，並以新安作根據地，向嵩山、伏牛山等處擴張，同時慣用他們的滲透方法，不少匪幹潛入秦潤普部隊。我為了整頓秦部，屢次召集公開的或秘密的會議。在舊年除夕的一次「薛家窪會議」，我的左腿中彈，幾乎犧牲，但從此把秦部完全淨化。

秦潤普部隊開始整訓，奉戴先生電令，准接受日軍所給的「剿匪滅共軍」名義，（這個名義不損傷我政府）以秦潤普為司令。這時，我全力對付所謂「河南公館」。

「河南公館」的內勤人員約一百名，機關長小坪一郎以下的日籍人員只有三十名，朝鮮人五名，被我運用各種方法介紹進去的達六十人。尤以陝州偽縣長（我方運用人員）張顯聲兼任「河南公館」秘書的一段時期，對我們工作十分有利。

籌備「黃洲國」的重要人員和決策，都來自東京，這批人神出鬼沒，連日軍山西派遣軍司令也摸不清他們的門道。三十四年元月，「黃洲國」的「建國」工作，由地下轉趨地上，小坪特務機關長宣佈：

第一：成立「黃洲建國黨」。第二：出版《黃洲日報》。第三：組織「黃洲建國軍」。

我把「河南公館」這三項決定報告戴先生，經戴先生指示：積極分別爭取掌握，只要對工作有利，對黨國有益，任何犧牲，在所不惜。奉指示後，發動我方打入「河南公館」的人員，供給小坪各種「故意情報」，獲得成果：

「黃洲建國黨」中央委員十一人，日籍者九人，餘二人為秦潤普及其副司令王文斌。（王原為峽石煤礦公司總經理）

《黃洲日報》的編務，由我方控制。

「黃洲建國軍」總司令由秦潤普擔任，副總司令由王文斌擔任。

「黃洲建國軍」至三十四年春日軍由晉南經太陽渡、茅津渡，大批南渡，準備進攻長安時，已擁有精兵十萬人。當時，日軍打第一線，第二線交「黃洲建國軍」負責，後備部隊為游雜武力。日軍西進戰爭前夕，小坪特務機關長與秦潤普面談，長安攻下，「黃洲國」立刻宣佈成立，而其國體，究為總統制或君主制，雖傳說紛紜，小坪則諱莫如深。

三十三年春季的日閥攻勢，全國各戰區的日軍均有大小蠢動，那裏是主要戰，那裏是呼應戰，我在敵區判斷不清。惟敵人調動「黃洲建國軍」參與進攻長安之始，我曾向戴先生報告，日閥主力軍不足三萬人，「黃洲建國軍」不難一鼓殲滅它，戴先生電令：「待命」。迨大戰爆發，潼關聽到敵軍砲聲了，戴先生以蔣委員長名義下令，飭秦潤普部：「一俟敵軍攻陷潼關，立即反正，夾擊敵軍」。

秦潤普奉命後，因為轉達命令不嚴密，被敵軍發覺。而日閥處於劣勢，騎虎難下，進退維谷，戰場寂靜一星期，始從山西調來一個師團，駐紮對河的平陸縣，威脅秦潤普部隊，掩護他們攻長安的大軍狼狽退卻。

日閥攻長安失敗了，「黃洲國」的腹案卻沒有打消。相反的，日方的山西派遣軍不斷予秦潤普部以恫嚇，儘管株守在峽石附近炮壘裏的日本士兵們，每當酒醉之際，高呼「蔣委員長偉大」，日閥們則仍迷戀於「以華制華」的好夢，百方要削弱「黃洲建國軍」的實力。

專門在淪陷區檢便宜的奸匪武力，看到日軍有向秦潤普部隊開火的模樣，陳賡指揮的匪軍韓鈞，就乘機西移，準備打擊秦部。戴先生統觀全局，謀定而動，指示我親往克難坡會見閻錫山先生。我那時腿傷剛剛治好，便冒險北渡。

和閻錫山先生談了一天，他答應我即在晉東南作牽制性的攻勢，減輕秦部所受的壓力，並保證如果秦潤普部反正，山西境內的政府游擊部隊，絕對不會再以「黃洲建國軍」名義出現。臨別時，他贈送我一個小型「算盤」，他說：「會打會算，不缺吃穿。我送你一個小算盤，希望你遇到任何困難，都能打一打算盤。」閻先生的話，幽默之中含有無限哲理。

五月初，陳賡坐鎮新安，菌集共匪八萬餘人，部署進攻秦潤普，局勢危急，我請示戴先生，戴先生有很明快的看法，他認定：秦部如打日軍，匪軍必趁火打劫。秦部如攻匪軍，日軍必袖手旁觀。於是，「黃洲建國軍」便在匪軍的三面包圍的劣勢下出戰，經過一個月的苦鬥，把匪軍韓鈞部全部擊潰。我們立時在洛陽、新安、澠池等地，展開宣傳工作，組織民眾武力，匪軍的殘餘部隊，無法存留，紛紛渡河北逸。做了兩個月的地方安撫業務，豫西才定下來。現在回憶：當時要不是戴先生令我們掃蕩共匪的豫西軍區，那麼日本投降了，西北國軍經由潼關洛陽一段漫長的山區東進，其困擾於匪軍襲擊，是不難想見的。

豫西匪軍被肅清，文強趁軍令部高文憲少將來陷區訪我之便，口頭轉告戴先生意旨：

一、「黃洲建國黨」須設法使其解體。

二、《黃洲日報》應予停刊。

三、「黃洲建國軍」必須忍辱負重，不可冒然反正。

我本著這個原則，派人警告小坪，限日籍的「黃洲建國黨」中央委員，停止活動，因為民眾不滿意這個黨的作為，所以不能對他們的安全負責。六月間「黃洲建國黨」屢次準備召開會議，都沒有實現，僅在太原舉行了一次非正式的談話，這個黨從此癱瘓。

《黃洲日報》的內容，一向是反共的，總編輯王居安是我們的地下同志，那時的敵區，除了共匪經常散發些油印的宣傳品而外，像《黃洲日報》每日發行的四開報，銷路自然很廣。共匪看了眼紅，通過特務手法，由「亞洲公館」介紹一位姓康的當副總編輯，言論有了偏差。幸而該報的大部經費，「黃洲建國軍」總司令部撥補，秦潤普藉口經費困難，停止接濟，該報即壽終正寢。

日本軍閥鑑於「黃洲建國軍」的不能「協力作戰」，又知道該軍實際上是一支「重慶分子」指揮下的革命軍，更從促使「黃洲建國黨」的解體和逼迫《黃洲日報》停刊等，看到反日態度的表面化，就從日本國內派出特務能手，專程前來豫西，明的暗的在秦潤普部大搜反日幹部，共匪打入日軍的間諜，開了一張似是「國特」的名單，讓日閥按圖索驥，事先被我們偵破，結果撲了個空。

七月底，文強有電報給我，希望我到長安面談。我星夜回長安。文強告訴我，由於美國新武器的試驗成功，戰爭結束的日子就在眼前，戴先生指示大家注意復原問題，交給我幾個實際方案，想借重我的親歷目睹作研究。我還沒有離開長安，日本便投降了。

「黃洲建國軍」在抗戰勝利後，改編為「陝州先遣軍」，文強以第一戰區長官部調查統計室主任的身分轉來戴先生的電報說：「西安史紫忱兄：頃奉戴先生未寒甲策渝電開：『請即轉史紫忱兄飛送秦潤普兄親鑑：查敵現已向我無條件投降，頃經報奉委座核准，由兄以陝州先遣軍司令名義，統帥所部，及其他可能掌握之地方武力，負責維持陝州治安保護人民，並絕對拒絕奸軍入城。如果武器彈藥缺乏，可與敵方妥洽，而按需要接收一部份械彈，以資充實。但須詳報兄所能指揮掌握之部隊，究為何部？官兵若干？並請詳示。吾兄忍辱負重，今則報國時機已到，務祈遵照委座意旨，達成使命為幸。此電何時到達，並希電復。』等因，請即遵辦，並速返陝州，主持各務，具覆憑轉為盼。弟文強未篠卯陝華〇七八九號」。

如果沒有戴先生的深謀遠慮，抗戰末期一定會在中原一帶出現一個偽「黃洲國」，雖然它也會像「滿洲國」、「冀東政府」以及汪精衛、王克敏等的傀儡組織，隨抗戰勝利而風消雲散，可是當時給陷區同胞的感受與國際的視聽，多少還是有不良影響的。

參與打擊「黃洲國」陰謀的千百同志，其留在大陸的都生死莫卜。在臺灣的除了我個人，尚有在海軍服務的侯占斌同志，那時他年紀很輕，在電臺方面管理器材。另一位在臺的是姜祖尚同志，他雖然不曉得這項任務的整個進度，但我初到敵區，為了我的安全，他曾兩次冒死走入敵人砲壘，功不可沒，據說他已經退休了。

附錄二

史紫忱先生小傳

李瑞騰

史紫忱先生（一九一四—一九九三），學名史銘，字子箴，筆名紫枕、新學究、清風徐、五大等，民國三年（一九一四）生於河南陝縣三門村，河南第一師範畢業。在大陸時期，曾創辦《鄭州日報》、《力行日報》等；參加軍統局戴雨農先生所領導的革命組織，為少將專員，粉碎過日軍陰謀於中原一帶成立的「黃洲國」。

民國三十八年（一九四九）五月，史先生由上海來台，原在國防總政戰部主管軍事新聞通訊社編務，後應中央宣傳部部長張其昀之邀，擔任《中國一周》社長；復與友人合辦《文藝論壇》、《陽明》月刊，任發行人；並參加「華岡學園」的創辦工作，在中國文化學院（後改大學）中文系擔任教職二十餘年，作育英才，桃李滿天下。

史先生幼習經史，偏愛文學，舊體詩作甚多，十五、六歲與新詩結緣，後出版有《紫忱詩集》。民國二十五年（一九三六）曾參加武漢文藝界活動。來台以後先後為《台灣新生報》撰「堅白篇」，為《自立晚報》撰「五大雜文」、「亮話」、「諤諤篇」，為《中華日報》撰「病堤隨筆」，皆理正辭嚴、筆鋒有情，並含諧趣，出版文集《無心集》、《雜文》、《自我與天地》、《笑容掛著眼淚》等多種文集。

史先生自幼勤練書法，其後教授書法於華岡，長年潛心研究筆畫，理論與實踐並行，行書與草書兼擅，創「彩色書法」，建構「書法美學」等，飲譽海內外，民國八十一年（一九九二）曾假台北舉行今生唯一一次書法展，轟動藝壇。著有書法論著《書道今論》、《書法今鑑》、《比較草書》、《書法史論》等。

史先生性情豪邁，重然諾，講義氣，一生助人無數。抗戰末期左腿曾經中彈，終身不良於行；晚年雖纏綿病榻，苦不堪言，猶關懷國事，執筆如劍，於社會之亂象，有廓清摧陷之功，為文壇所重。

民國八十二年（一九九三）四月十七日，因心臟衰竭，於台北市榮民總醫院辭世，享壽八十，骨灰安置於台北市天母慧濟寺。

史紫忱先生著作目錄

李瑞騰

A文學類

一、紫枕詩集

北平：中國詩社，民二十一年八月，三十二開，七十八頁，有葉鼎洛插圖。

此書收錄先生一九二九至三一年間新詩二十四首，一九三二年由新月書店以「中國詩社」名義出版。一九七八年附錄於《文學人》之後，先生並撰〈我與三十年代〉一文以記其與詩結緣及此書出版始末，女詩人胡品清教授有文論其諸貌。

先生五歲啟蒙即偏愛文學，誦詩無數。曾作舊體詩近千首，詩稿名之曰「枕畔雜詩」，曾連續刊載於先生主編之《河南民報・副刊》。由於主編副刊，開始對新詩發生興趣，常有創作，與詩人徐志摩、丁韜（徐鑑泉）、徐玉諾、胡雪峰等時有往來。來台之後，自稱是「詩壇逃兵」。

《紫忱詩集》以「詩幕」一詩開篇，以「詩尾」一詩壓卷。語言真樸素雅，理趣兼備；主題明確，傾向哲學性的思考；長詩恢弘，短詩語近情遙。迭有佳篇，耐人尋味。

二、無心集（上、下）

台北：浩瀚出版社，民六十四年九月，三十二開，三百九十二頁，有〈序言〉。

先生為著名方塊專欄作家，新生報之「堅白篇」，自立晚報之「五大雜文」、「亮話」、「諤諤篇」皆備受稱揚。先生曾撰一短文「替方塊作家命名」，主張方塊之作可稱「方文」，方塊作家宜名之曰「方家」。

《無心集》上下二冊，收錄近兩百篇「方文」，是從七年間所作近二千篇「五大雜文」所精挑細選。以「無心」為名，乃取唐代寒山子「有路不通世，無心孰可攀」那種「不通世的有路與孰可攀的無心」之意，說是「無心」，卻偏偏可見其為文之用心。

三、雜文

台北：台灣學生書局，民六十五年三月，三十二開，二百九十四頁。

《雜文》一集，以新生報「堅白篇」為主體，前有「漫談雜文」，凡一萬八千言，以「漫談」為名，實為專論，釋名以彰義，敷理以舉統，直探雜文文類生命之本源，有廓清催陷之功。後有「拾零」十二篇，有敘有議，提供史料，談文論藝，皆真知灼見，關乎文學者如〈文學的自我性〉、〈報告文學的新義〉皆言人所未言，尤富啟迪性。「堅白篇」取先秦名家公孫龍之言，義則大異，有「堅苦卓絕，白日青天」之新義，凡百有廿七篇，篇皆八百字之譜，指涉層面相當廣泛，要皆鍼砭風氣，緊扣時代命脈之作。

先生筆尖所及，無非著在一個「理」字，理正辭嚴，有史家之筆；曉諭現實，雜以諧趣，得詩人諷刺之旨。

四、文學人

台北：星光出版社，民六十七年六月，三十二開，三百零六頁，有〈序言〉。

「文學人是文學性能和人格精神熔匯的一種自然體」，先生於「文學人」一詞所作之解釋如是。此書「從文學思想一直說到文學表現，把深幽的課題通俗化」，乃先生文學認知之結晶，通古入今，為超越時代之文學整合論，是嚴謹的體系知識。

書凡五部：文學人之根柢、認識、心態、美律以至於突破，綱領既明，毛目遂顯，堪稱現代之文心。要而言之，先生特強調文學人要以超驗之精神以自我突破（含研究與創作），乃能成其大。又以史眼度量文學流向，以藝術角度析釋文學美質；一縱一橫，內外統合；剖情析采，首尾圓貫。觀其字裡行間，每有當代文學之關切語，回顧或展望，皆逆耳忠言，足發人深省。

附錄〈我與三十年代〉，自述文學因緣。

五、零集合

台北：星光出版社，民七十五年一月，三十二開，二百七十六頁，有〈序言〉。

本書選自《陽明》雜誌，收錄先生於該刊四個專欄作品：一是「古書話解」，筆名「新學究」，收四十二則；二是「高歌當哭」，筆名「李大白」，如〈封面歌〉、〈紅包歌〉，主要七言，計十首，語含譏諷，抨擊社會亂象；三是「飛鴻集」，筆名「清風徐」，相對兩類人物的書信往來，如〈太保與太妹〉，含〈太保致太妹〉和〈太妹致太保〉，計十篇，極盡嘲諷之能；四是「假如我」，筆名「巴山」，計二十三篇，以「假如我」開頭的文章，如〈假如我是台北市長〉，批判性強，亦有建設性。末附三篇〈越洋鬥爭〉。

六、愛是一只悶葫蘆

台北：九歌出版社，民七十九年一月，三十二開，二百五十八頁，有李瑞騰序〈每一句都滿含著愛〉及作者〈扉言〉。

七、自我與天地

台北：九歌出版社，民八十年十月，三十二開，二百六十頁，有李瑞騰序〈苦澀的凍頂烏龍〉及作者代序〈病堤人語〉。

此二書是先生弟子李瑞騰從先生所撰眾多短文中選錄出來結集的，《愛是一只悶葫蘆》分「前塵煙波」、「生活線上」、「文化橋畔」、「關懷灘頭」、「思考邊緣」五輯，計收八十四篇，「無論抒情議論，每一句都滿含著深沉的愛」。《自我與天地》分「自我與天地」、「人類與社會」、「文化與藝術」三輯，計收七十一篇，「即便是必須奮力才能展紙，必須強忍疼痛才能下筆，他依然感時憂國，依然關懷人間世人」，是他生前最後階段的作品。

八、我歌唱著走了——史紫忱的詩與詩論

自印，民八十三年四月，三十二開，一百五十五頁，有史陳秀英〈出版弁言〉及李瑞騰〈編後記〉。

此書為紀念先生辭世周年所編印，前有先生絕筆詩〈我歌唱著走了〉，本書分二輯：「紫忱詩集」與「紫忱詩話」，前者為一九三二年舊作復刻，後者輯自先前各集，並附胡品清教授〈《紫忱詩集》之諸貌〉。

九、笑容掛著眼淚

台北：秀威資訊科技股份有限公司，民一〇三年二月，二十五開，二百五十頁，有李瑞騰〈序〉及林世榮〈編後記〉。

本書從史紫忱先生諸多未結集篇章精選而成，略分四輯：輯一「心酸酸的」，收與教育有關短論十三篇；輯二「笑容與眼淚」，收政經社會之時評二十二篇；輯三「只是凋零」，收文藝與節慶之雜感二十篇；輯四「大冰塊爆火花」，收藝術與書法評論九篇。並有二輯附錄，其一為自述生平，有四篇；其二為史先生的基本資料，含小傳、著作目錄、年表、評述資料等。顏曰「笑容掛著眼淚」，旨在彰顯史先生對於現實之憂懷，對於人文藝術本質之掌握，以紀念先生百歲冥誕。

B書學類

一、書道新論

台北：華岡出版部，民五十八年五月，二十五開，一百二十八頁，有〈卷頭語〉。

台北：藝術圖書公司，民六十三年十月，二十五開，一百零八頁，有〈訂正版代序〉。

二、書法今鑑

台北：華岡出版部，民六十二年五月，三十二開，一百四十頁，有〈例言〉。

三、彩色書法

台北：中華博物館，民六十四年三月，二十五開，一百零八頁，有〈前言〉。

四、書法美學

台北：藝文印書館，民六十五年七月，二十五開，一百一十二頁，有〈自序〉。

五、草書藝術

台北：華正書局，民六十六年九月，二十五開，七十四頁，有〈例言〉。

六、比較草書

台北：中國文化大學出版部，民六十九年十月，二十五開，一百零八頁，有〈序言〉。

七、書法史論

台北：中國文化大學出版部，民七十一年十月，二十五開，一百八十四頁，有〈序言〉。

八、史紫忱書法

台北：中國文化大學出版部，民七十二年九月，二十五開，一百二十二頁。

九、中國書法

台北：正中書局，民七十九年九月，二十五開，一百頁。

先生熱愛文學，詩文皆著，亦精理論。其於書法，始於興趣，繼之則窮研歷代法帖，獨創「史體」，以草書為主，點線素材操縱自如，神采奕奕，氣韻生動；遍覽前人論書著述，發為宏論。當代諸家，無出其右。

其所著述，《書道新論》以技巧為主，《書法今鑑》以理論為中心，《彩色書法》以再美化為手段，《書法美學》則建構於中華美學的基礎上；其後更於美術系教授草書，著《草書藝術》、《比較草書》，本書畫同源理論，論草書衍化，比較今草、狂草乃至標準草，於分合之間見草書運筆之美；最終則匯歸於書法史，撰成《書法史論》，雖只是「對書法史料的一種嘗試」，但建構書法史的用心非常清楚。

《史紫忱書法》收一〇九幅墨寶，前有〈學然後知不足〉記其書法及書論。至於《中國書法》，以青年及海外華人為對象，為普及文化之作。

史紫忱先生年表

李瑞騰

民國三年（一九一四）一歲

陰曆正月十五誕生於河南陝縣茅津渡以東二十五里的三門村（即著名的黃河三門峽，中流砥柱）。家境富裕，隴海鐵路自澠池站西行九站，沿途皆有史家土地。

民國七年（一九一八）五歲

啟蒙，泛讀經史子集，偏愛文學，塾師為前清舉人唐鳳鳴先生。

民國九年（一九二〇）七歲

隨三伯父位南先生（丙山）赴開封讀書，拜孟廣澎先生為師（字劍弢，曾任開封道尹，湖北民政廳長及四川省政府秘書長等職），開始學作詩，此後四五年間寫舊詩近千首，一直反抗為平仄而琢磨詩句。

民國十年（一九二一）八歲

康有為專程遊覽三門，止宿史府，適先生返鄉省親，由豫西鎮守使丁香齡將軍慫恿先生，乘康氏寫字休息之際當眾揮毫，仿康氏「以文會友」四字，字大盈尺，康氏大聲叫好，讚不絕口。初，先生童年學習書法，愛碑不愛帖，祖父上卿先生（曾任隴海鐵路興建時的洛潼段督辦），獨尊二王，乃斷言先生與書法絕緣。雖經康有為推許，仍不釋懷。

民國十二年（一九二三）十歲

喜愛華麗的六朝文，模仿有加。

民國十三年（一九二四）十一歲

考入小學四年級，接受新式教育。教其書法者為美藝教師趙夢梅先生（當代著名畫家趙春翔之令尊）。

民國十七年（一九二八）十五歲

考入河南第一師範讀書。同學中來台者，有藝術家李霖燦、音樂學家李永剛、工程學家魏傳基、名畫家趙春翔、國大代表劉瑞符、周子洪等先生。

小學同學徐鑑泉（即詩人丁韜）任河南民報總編輯，邀約先生課外主編副刊，時近兩年，發表舊詩稿「枕畔雜詩」，與新詩結緣，亦在此時；因主編副刊向名詩人約稿（如徐玉諾、于賡虞等）；培植新人（如蘇金傘、趙清閣等），推廣詩運。

民國十八年（一九二九）十六歲

加入「中國國民黨」為黨員。由方覺慧、李宗黃兩先生介紹。擔任「中國國民黨童子軍第四十四團」總隊長。從事學運，被選為河南全省學生聯合會主席。

民國十九年（一九三〇）十七歲

整建「三樂書屋」於開封雙井街，藏書約七萬冊。

民國二十年（一九三一）十八歲

與同學胡雪峰（毓瑞）等組織「中國詩社」。

完成《段玉裁年譜》，經鄭振鐸介紹商務印書館出版，惜原稿毀於「一二八」炮火，賠償四百元了事。

民國二十一年（一九三二）十九歲

出版《紫枕詩集》，收錄民國十八至二十年間新詩作品，出版者為中國詩社，由北平新月書店發行，版稅四十四元四角。內有二十年代名作家葉鼎洛插圖三幅。

與徐鑑泉、劉浩然等合辦《鄭州日報》，先後擔任總編輯、社長。

經吳賡恕先生介紹，參加戴雨農先生領導的革命秘密組織。

在洛陽採訪「國難會議」新聞，結識黨國要人于右任、林森、居正、邵力子等。

民國二十三年（一九三四）二十二歲

黃埔同學會在開封所辦之《河南晚報》，羅敦初為總編輯，涂公遂（後任第一屆立法委員）為總主筆，因社論批評開封地院推事胡玉璋問案時「搖頭擺尾」，有「胡推事之視輿論由土匪之視法律」等詞，與法院打官司，纏訟多年，最高法院發還更審。河南省主席劉峙，支持法院，致新聞界與省政府不睦。先生從中奔走，多方協調，使該案轉移管轄，改由鄭州地院審理，終於原判撤銷，結束轟動全國的「搖頭擺尾」案。

民國二十四年（一九三五）二十二歲

孟廣澎先升任湖北省民政廳長，先生之同學徐鑑泉、于鳳舉（即詩人風車）、許允恭等均在湖北省府工作，兼以孟廳長之意，先生於歲末赴鄂，在民政廳視察，為學習公務處理，曾自繕校室自抄寫做起。

民國二十五年（一九三六）二十三歲

先生參與武漢文藝界活動。當時鼓吹民族文學的《武漢文藝》月刊，發表先生不少作品，如〈小說作法十講〉、〈魯迅論〉等。

民國二十六年（一九三七）二十四歲

湖北省政府計畫航空測量全省土地，在京滬平漢各大報登啟事，徵求檔案管理專家，先生應徵考試，獨獲錄取。

先生兼任湖北省禁煙委員會職務，以禁菸問題重要，乃撰〈中國禁煙問題之檢討〉一文，發表於《大公報》所辦之《國聞周報》。

先生乳名三樂，學名銘，字子箴。發表作品以子箴之諧字「紫枕」為筆名。到湖北省任職，以「枕」不雅，隨改為「紫忱」。初期使用不一，《文藝》月刊用「紫枕」，《國聞周報》則用「紫忱」。

民國二十七年（一九三八）二十五歲

奉戴雨農先生之命，由鄂回豫，在洛陽第一戰區司令長官部任高級參謀，負責北方將領聯繫工作。

民國二十八年（一九三九）二十六歲

為充實抗戰物資，在三門峽東南之峽石興辦大中煤礦公司，在洛陽十方院興辦紡織廠。

民國二十九年（一九四〇）二十七歲

與啟新洋灰廠合作，在觀音堂設水泥廠，供應軍需民用。

民國三十年（一九四一）二十八歲

在西安設大中銀號及裕泰錢莊，調劑民間資金。

民國三十一年（一九四二）二十九歲

為救濟戰亂流離的災童，在故鄉籌建兩年之三門學校，正式開學，幼稚部、小學部、中學部，達兩百餘人，教師薪金與學生費用，全由先生私人供給。

民國三十二年（一九四三）三十歲

先生元配郭氏病逝，與陳秀英女士結婚。

戴雨農先生一再電令先生前往重慶中央訓練團受訓，並電軍統局北方區負責人文強將軍面催，先生公私兩忙，迄未前往。

民國三十三年（一九四四）三十一歲

日軍攻洛陽，先生以軍職關係，最後離開戰場，隻身轉進西安，關東事業，毀於一旦。

奉戴雨農先生之命，前往豫西淪陷地區，一則收容我軍遺留部隊，二則主持兩河策反工作，三則破壞日軍陰謀計畫之「黃洲國」。

臘月，在孟津渡西的薛家窪之役，先生左腿負傷，鐘生不良於行。

民國三十四年（一九四五）三十二歲

奉戴先生轉奉蔣委員長令准，以先生大中煤礦礦警隊長秦潤普及總經理王文斌名義，成立「剿匪滅共軍」，在豫西晉南一帶，集結地方武力十萬人。

奉戴先生指示，派員滲入日軍西北軍事情報機關「亞洲旅館」及西北情報機關「河南公館」，進行反間計畫。打入日軍成立的「黃洲建國黨」，使之解體。

中共藉太行山為背景，擬發展為「第二延安」。先生指揮秦潤普所部，三次與共軍血戰，終將中共「豫西軍分區」武力整個消除。

奉戴先生命，前往開封擔任《力行日報》社長。

民國三十五年（一九四六）三十三歲

恢復《河南晚報》，與《力行日報》為兄弟報。

與劉瑞符先生組成大眾出版社。

組織力行劇團，由夫人陳秀英女士領導。

民國三十六年（一九四七）三十四歲

先生賦性澹泊，中國民國憲法於十二月二十五日施行後，各方促請先生競選中央民意代表，均被先生婉言謝絕。

民國三十七年（一九四八）三十五歲

中央民意代表選舉，引起地方糾紛，先生居間圓通，消弭爭執。

開封危急，先生赴南京，在林森路開辦《力行日報》分版，接受《和平日報》總主筆李士英先生建議，以《今日新聞》記登。

在南京朱雀路興建「力行大樓」，地下層已裝妥印報機。惜油漆未乾，南京就變色了。

民國三十八年（一九四九）三十六歲

五月一日，偕夫人乘中國航空公司由上海撤退台灣之飛機，抵達台北。

民國三十九年（一九五〇）三十七歲

入國防部政治部工作，主管軍事新聞通訊社編務，倡導新聞詞彙「口語化」，革新新聞用語。

應中央宣傳部部長張其昀先生之邀，擔任《中國一周》社長，主持編務，計達七百一十四期。

民國四十四年（一九五五）四十二歲

台灣文藝界人士，有聚餐會之舉，每月舉行一次。會中決定出版《文藝論壇》，推先生為發行人，姚夢谷先生負責社務，祝茂如先生（司徒衛）負責編務，冷楓先生負責業務。

民國五十一年（一九六二）四十九歲

參與張其昀先生手創之「華岡學園」工作。

民國五十四年（一九六五）五十二歲

十二月，與友人劉心皇、寒爵、劉世昌、郭衣洞、徐復觀、徐高阮、許逖等先生合辦《陽明》月刊，民國五十八年停刊，計發行三十八期。以智識、生活、趣味為宗旨。

民國五十八年（一九六九）五十六歲

《書道新論》出版，由華岡出版部印行。

民國六十二年（一九七三）六十歲

《書法今鑑》出版，由華岡出版部印行。

民國六十四年（一九七五）六十二歲

《無心集》上下兩冊，由浩瀚出版社印行。

《彩色書法》出版，由中華博物館印行。

民國六十五年（一九七六）六十三歲

《雜文》出版，由台灣學生書局印行。

《書法美學》出版，由藝文印書館印行。

民國六十六年（一九七七）六十四歲

《草書藝術》出版，由華正書局印行。

民國六十七年（一九七八）六十五歲

《文學人》出版，由星光出版社印行。

民國六十九年（一九八〇）六十七歲

出席中央研究院召開之國際漢學會議，發表論文〈草書衍化及其比較〉，經增加長序及附圖而成《比較草書》，由中國文化大學出版部印行。

民國七十年（一九八一）六十八歲

中國國民黨發給入黨五十年獎狀。

民國七十一年（一九八二）六十九歲

《書法史論》出版，由中國文化大學出版部印行。

民國七十二年（一九八三）七十歲

七十歲生日前夕，弟子李瑞騰編成《中流砥柱》紀念文集，由四季出版社印行。

民國七十五年（一九八六）七十三歲

《零集合》出版，由星光出版社印行。

民國七十九年（一九九〇）七十七歲

《愛是一只悶葫蘆》出版，由九歌出版社印行。

《中國書法》出版，由正中書局印行，列入「海外華人青少年叢書」。

民國八十年（一九九一）七十八歲

《自我與天地》出版，由九歌出版社印行。

民國八十一年（一九九二）七十九歲

生平唯一一次書法展於台北市紅塵畫廊展出，並舉行「史紫忱的人格與風格」座談會，由李霖燦、孫觀漢、柏楊主講。

民國八十二年（一九九三）八十歲

四月十七日，病逝於台北市榮民總醫院。

民國八十三年（一九九四）

《我歌唱著走了——史紫忱的詩與詩論》（李瑞騰主編）於逝世一周年由夫人陳秀英女士自費出版，內收《紫忱詩集》，保留原書版型。

民國九十年（二〇〇一）

元月五日，夫人陳秀英女士病逝於台北市振興醫學中心。

民國一〇三年（二〇一四）

散文集《笑容掛著眼淚》（李瑞騰、林世榮合編）於百歲冥誕前夕由秀威資訊科技公司出版。

二月八日起至二十六日，「史紫忱與陳國揚師生書法聯展」於台北市中正紀念堂三樓志清廳展出；八日當天並舉辦「史紫忱教授百歲冥誕追思座談會」。

史紫忱先生評論目錄

李瑞騰 編

【專書】

《中流砥柱——史紫忱先生七秩華誕紀念文集》／李瑞騰編

台北：四季出版社，民七十二年二月，三十二開，三百七十四頁。

本書前有照片、手稿等影像資料，內文分四輯：輯一「中流砥柱」，收史紫忱先生十二篇與書法和文學有關的自述；輯二「魚躍于淵」，收十三篇討論史先生的書法和文學之評述；輯三「英雄何處」，收友人談史先生的文章十四篇；輯四「如沐春風」，收門生感念史先生的文章十篇；並附錄〈史紫忱先生年表初稿〉、〈史紫忱先生著作目錄提要〉及〈編後記〉。作者除史先生外，有陳祚龍、李郁周、李霖燦、胡品清、寒爵、柏楊、祝茂如、李殿魁、許逖、渡也等。

《中流砥柱是吾家——史紫忱教授辭世三周年紀念》／李瑞騰編

台北：自印，民八十五年四月，十六開，十八頁。

本紀念小冊含史陳秀英〈前言〉以及陳國揚、林世榮、傅怡禎、康淑惠、趙妍如、梁玉明、史則沛、崔幗眉等八篇憶舊散文，後有編者之〈編後記〉。

【單篇】

孫旗〈書法藝術的前途——兼評《書法今鑑》〉，中國書畫42，民62.08，頁8—9。

陳祚龍〈史紫忱〉，中原文獻6：4，民63.04，頁24—27

李文珍〈書法創作新觀——史紫忱《書道新論》讀後〉，中央日報，64.04.02—03。

陳祚龍〈史紫忱著《書道新論》讀後〉，藝壇92，民64.11，頁18—19。

李霖燦〈評介《彩色書法》〉，中原文獻8：8，民65.08，頁11—12。

李瑞騰〈鳶飛戾天，魚躍于淵——談《彩色書法》〉，書評書目42，民65.10，頁46—51。

李瑞騰〈《書法美學》的思想體系〉，藝壇109，民66.04，頁14—16。

陳長華〈學習書法先正後草，史紫忱說沒必要〉，聯合報，民69.08.18

熊風飛〈允文允武的史紫忱〉上、下，自由青年69：2—3，民71.02—03，頁58—63、53—56。

許逖〈生命的光與熱——一位永不退伍的文藝老兵〉，聯合報副刊，民72.02.25。

羅祖光〈永遠年輕的史大哥〉，自立晚報副刊，民72.02.26。

李霖燦〈史紫忱兄的書法研討〉，中央日報晨鐘，民72.02.27。

李殿魁〈華岡的「土地公」〉，青年戰士報副刊，民72.02.27。

渡也〈松樹——祝史紫忱老師七十大壽〉，台灣時報•副刊，民72.02.27。

祝茂如〈時間掌握在我手裡——恭賀史紫忱先生七十大壽〉，自立晚報•副刊，民72.02.28；文學時代雙月叢刊12期，民72.03。

李瑞騰〈中流砥柱——史紫忱先生七秩華誕紀念文集編後〉，台灣時報•副刊，民72.03.19。

劉心皇〈我的朋友史紫忱〉上、下，台灣日報副刊，民72.03.24—25。

李永剛〈書法中有詩畫音樂〉，台灣日報副刊，民72.03.31。

王震邦〈以詩養性，以筆墨傳世——史紫忱一生追求創意〉，世界日報，民72.04.19。

袁潔〈學生眼中的「孟嘗君」——訪文化大學史紫忱教授〉，快樂家庭104，民71。

韓道成〈英雄在何處?史紫忱兄七秩華誕祝嘏而作〉，文學時代雙月叢刊12期，民72.03。

林依華〈鍾靈氣蘊化書藝〉，文學時代雙月叢刊12期，民72.03。

胡品清〈《紫枕詩集》之諸貌〉，文學時代雙月叢刊12期，民72.03。

東子望〈我讀《文學人》〉，文學時代雙月叢刊12期，民72.03。

周昭翡〈時代的一部大書：記史紫忱先生〉，文訊33，民76.12。

董季棠〈談平仄聲——從史紫忱先生竟說「功」字是仄聲說起〉，中國語文388，民78.10。

李瑞騰〈每一句都滿含著愛〉，聯合報副刊，民79.01.22。

李瑞騰〈苦澀的凍頂烏龍〉，聯合報副刊，民80.10.16。

戴麗卿〈獨廬老人——史紫忱草書及其書論〉，德國科隆大學藝術史學碩士論文，1991。

茂如〈字為心畫〉，中華日報副刊，民81.05.03。

李瑞騰〈史紫忱書學〉，台灣日報副刊，民81.05.08。

林英喆〈潛心書藝三十年首次開個展，朋友情師生愛史紫忱書法展〉，民生報・文化版，民81.05.08。

楊明〈書法界的游擊手——史紫忱在「紅塵」裡展書法〉，中央日報・文心藝坊25，民81.05.09。
向陽〈於顛狂中見真淳——為「史紫忱書法展」敲邊鼓〉，自立晚報・副刊，民81.05.11。
渡也〈那把熊熊的火〉，聯合報副刊，民81.05.13。
無名氏〈史紫忱先生的書法〉上、下，台灣新生報，民81.05.17、24。
李郁周〈奇論奇字史紫忱〉，青年日報副刊，民81.05.19。
李霖燦〈猶眾星之列河漢——與史紫忱兄論書法抽象之美〉，「史紫忱先生書法展」展覽簡介主文，民81.05.09。
楊錦郁〈風飄水流的神韻，雲開花綻的翕動——史紫忱先生的草書藝術〉，文訊79，民81.05。
陳秀英〈繁華落盡——憶紫忱流離的一生〉，中央日報・副刊，民82.04.22。
張夢瑞〈離別聲中斯人身影漸遠，史紫忱送別會詩樂取替哭泣〉，民生報，民82.05.18。
游喚〈析讀史紫忱著《書道新論》〉，收入游喚《文學批評的實踐與反思》，台中縣立文化中心，82.06。

陳祚龍〈悼念史紫忱教授〉，文訊55—94，民82.08。
姜雪峰〈人間一奇士——史紫忱先生〉，中原文獻26：1，民83.01。
耕雨〈史紫忱努力打倒自己〉，台灣新聞報，民89.04.26
李瑞騰〈史紫忱與《陽明雜誌》〉，國立中正大學中文系「文學傳播國際學術研討會」論文，民92.11。

附記

我的剪報中另有寫於民八十一年的三文：許坤成〈彷彿泥鰍蠕動於墨中——史紫忱教授的書法〉、龔鵬程〈獨廬不獨〉、賴瑩蓉〈「獨廬」裡的鄉愁〉，未註明發表刊物及日期，待查，特誌於此。

編後記

林世榮

在整理史老師的文章過程中，常心生感觸：人生的際遇真是奇妙！這些泛黃的剪報，這麼多年後竟然會在我手上一篇篇地被核對、排序、分類。其中，史老師晚年臥榻病床的最後專欄「病堤走筆」，還記得當時幫忙準備文具、查閱資料、繕寫文稿、投遞郵筒的情景，再見當初所貼存的剪報，竟已是二十多年前的往事。

獨廬不獨

史老師的住所自號「獨廬」。我與獨廬結緣，是在民國八十年於華岡求學時，因緣際會從傅大哥怡禎手中接下照顧史老師的工作。那時，史老師的雙腿已經全然無力與無覺地癱瘓在床上，連翻身換個方向都無法自助。但在清癯枯瘦的身軀下，卻仍有著旺盛的意志與豐沛的文學創作。

由於未曾受業於史老師門下，因此在相處時就少了一份拘謹，多了海闊天空的輕鬆話題。有一次，史老師問一個字的寫法，我寫了「溺」字，他頗感訝異，我隨口提了「禿子溺坑」這首白光的老歌，就是這「溺」字，他更驚奇了，「扁豆花開麥梢子黃啊，嗳喲，手指著媒人罵一場啊，嗳喲……」此後，從周璇、白光唱到吳鶯音、姚莉等，這些曾風靡大江南北的老歌，成了我們的忘年之樂。

當史老師要寫文章時，必須將他扶坐起來，床上架起小折疊桌，鋪擺稿紙，再將原子筆置於日漸僵硬的右手中，這是史老師認真又投入的時刻，往往香菸的菸灰忘了彈，積累成長長一截。有時史老師為了不確定的名詞或典故，便會喚我到書房的架上找書查資料，再報予他知曉。

之後，從史老師的眾多著作與來訪的師長如故宮前副院長李霖燦教授、「台灣原子科學之父」孫觀漢教授、史學作家柏揚先生、旅法漢學家陳祚龍教授等人的談話中漸知，史老師不僅是位滿腹經綸的中文系退休教授，更是曾經在八年抗戰中粉碎日本於大陸中原一帶偽「黃洲國」的將軍，中彈的跛腿即是印記。這位曾是報業前輩、專欄作家、文學家，及獨具自我風格的書法家，身跨新聞界、文學界、軍旅界、藝術界、教育界，而現在卻是備受病體折磨、身不由己的老人家，令我由衷敬佩，卻也實在難過！曾經風光多彩的人生，晚景竟是如此無奈……

史老師過世後，我何其有幸，大家口中的「史媽媽」成了我的乾媽，我並住進了獨廬，度過了研究所與初入社會的青春歲月。悠悠多年過去，事往境遷，想不到我又再度回到「華岡一幅畫，飛入我窗內」的獨廬。小院中的茶花依舊開得碩大紅豔，櫻花樹也準備等年後綻放，而我在屋內整理著獨廬的文稿、資料、書法、相片，彷彿直到現在，我才更瞭解了這獨廬主人的一生。有時忘情投入文稿中，恍惚間，史老師還躺在臥室床上，拿著三馬軟膏對鏡擦抹著鼻梁，而乾媽還在廚房燒煮她有名的紅燒牛肉……

重現經典02　PG1120

笑容掛著眼淚
——紀念史紫忱教授百歲冥誕

作　　者　史紫忱
編　　者　李瑞騰、林世榮
責任編輯　林泰宏
圖文排版　姚宜婷
封面設計　陳佩蓉

出版策劃　釀出版
製作發行　秀威資訊科技股份有限公司
114 台北市內湖區瑞光路76巷65號1樓
電話：+886-2-2796-3638　傳真：+886-2-2796-1377
服務信箱：service@showwe.com.tw
http://www.showwe.com.tw
郵政劃撥　19563868　戶名：秀威資訊科技股份有限公司
展售門市　國家書店【松江門市】
104 台北市中山區松江路209號1樓
電話：+886-2-2518-0207　傳真：+886-2-2518-0778
網路訂購　秀威網路書店：http://www.bodbooks.com.tw
國家網路書店：http://www.govbooks.com.tw
法律顧問　毛國樑　律師
總 經 銷　聯合發行股份有限公司
231新北市新店區寶橋路235巷6弄6號4F
電話：+886-2-2917-8022　傳真：+886-2-2915-6275

出版日期　2014年2月　BOD一版
定　　價　300元

版權所有・翻印必究（本書如有缺頁、破損或裝訂錯誤，請寄回更換）
Copyright © 2014 by Showwe Information Co., Ltd.
All Rights Reserved

Printed in Taiwan

國家圖書館出版品預行編目

笑容掛著眼淚：紀念史紫忱教授百歲冥誕 / 史紫忱著. --
一版. -- 臺北市：釀出版, 2014.02
面； 公分. -- (重現經典 ; PG1120)
BOD版
ISBN 978-986-5871-86-4 (平裝)

855 102027603

讀者回函卡

感謝您購買本書，為提升服務品質，請填妥以下資料，將讀者回函卡直接寄回或傳真本公司，收到您的寶貴意見後，我們會收藏記錄及檢討，謝謝！

如您需要了解本公司最新出版書目、購書優惠或企劃活動，歡迎您上網查詢或下載相關資料：http:// www.showwe.com.tw

您購買的書名：________________________________

出生日期：________年________月________日

學歷：□高中（含）以下　□大專　□研究所（含）以上

職業：□製造業　□金融業　□資訊業　□軍警　□傳播業　□自由業

□服務業　□公務員　□教職　□學生　□家管　□其它_____

購書地點：□網路書店　□實體書店　□書展　□郵購　□贈閱　□其他

您從何得知本書的消息？

□網路書店　□實體書店　□網路搜尋　□電子報　□書訊　□雜誌

□傳播媒體　□親友推薦　□網站推薦　□部落格　□其他__________

您對本書的評價：（請填代號　1.非常滿意　2.滿意　3.尚可　4.再改進）

封面設計____　版面編排____　內容____　文／譯筆____　價格____

讀完書後您覺得：

□很有收穫　□有收穫　□收穫不多　□沒收穫

對我們的建議：________________________________

____

____

____

請貼
郵票

11466
台北市內湖區瑞光路 76 巷 65 號 1 樓
秀威資訊科技股份有限公司 收
BOD 數位出版事業部

（請沿線對折寄回，謝謝！）

姓　　名：＿＿＿＿＿＿＿＿　年齡：＿＿＿＿　性別：□女　□男

郵遞區號：□□□□□

地　　址：＿＿＿＿＿＿＿＿＿＿＿＿＿＿＿＿

聯絡電話：(日)＿＿＿＿＿＿＿＿　(夜)＿＿＿＿＿＿＿＿

E-mail：＿＿＿＿＿＿＿＿＿＿＿＿＿＿＿＿